錢文忠史學

余秋雨

三

錢文忠 著

上海文藝出版社

章太炎先生之對子
片時灰骸骨不用西門慶花錢

三更燈火五更雞

文忠負書圖

『國學大師』是怎樣煉成的

上個世紀九十年代初，以《學人》的出版爲標志，『學術史』研究漸成顯學。近幾年來，隨著『國學熱』的興起，被現當代中國歷史湮没已久的不少著名學者，由於學術史研究探根溯源之功，紛紛從人們的記憶深處泛起，重新引起學術界、出版界乃至傳媒的注意。國人與傳統文化隔絕過久，加之民族自豪感、自信心日益發煌，於是，一般被視作『國粹』之精粹的國學地位日高，自然不難理解。在此大背景之下，上述這些『出土』學者的精神取向、學術師承、專業分野、治學方法等等方面，却未及得以仔細考辨，而被世人競相一律冠以『國學大師』的稱號了。

『國學大師』其逝矣，後來傳承衣鉢的托命之人何在？這就不能不成爲人們極度關心的問題。近來，國內不少大學熱衷於開辦『文科基地班』、『國學班』甚至『大師班』，正是這種迫切心情的反映。這些『班』舉辦亦有年矣，其成效如何，實在難説。但我總相信，預其役者的心裏應該是明白的。在我看來，即使不能説這類『班』都是失敗的，那麽，起碼也是與開設這些『班』的初衷和理想值相距甚遠。這個判斷當然只是我個人的管見，若要反駁却也并不見得那麽容易。

最近的説法似乎又有所改變。據一所名校的『國學院』主事者説，之所以要開設『國學班』，乃是爲了滿足一些大公司的急切需要。據説，很多大公司對『國學班』畢業生極感興趣，熱烈歡迎他們日後前往就職工作云云。對這些不知所云、不明所謂的妙語，我真不知道應該如何回應。所以，我只能這樣回答屈尊前來采訪我的記者：

國學的寬泛化，的確體現了現在的人們對歷史、對祖先的關切，希望能領悟感受自己所屬民族的文化之根和血脉。但對於『普及國學』、培養『國學大師』這些做法，我的看法是『其心可佩，其志可嘉；想法可笑，效果可疑』。——每個國家都有自己的『國學』，雖然也會面臨傳統和現代的衝突，但至少是連續的，而我們斷裂得特别厲害。現在要説什麽國學的『承前啓後』、『發揚光大』是不可能的，我看衹能『守先待後』。

這些話委實既不豪又不壯，必定會有不少『有志之士』不以爲然。然而，我這麽説，却也有我的理由。最要緊的還是應該真正地弄明白『國學大師』究竟是怎樣培養出來的吧。這當然是個極大的課題，絶不是一篇短短的隨筆就可以説清楚的。還是來看看兩個例子吧。

一個例子是一個人，且并不是離我們非常遥遠的古人——周一良先生(一九一三年一月十九

日——二〇〇一年十月二十三日）。他的國學根底在學界無人不佩服。周先生在哈佛大學取得博士學位，但其深厚的國學功底主要是得自八歲起在名師執教的家塾就學十年的這段經歷。當年的『一良日課』是這樣的：

讀生書：禮記、左傳

温熟書：孝經、詩經、論語、孟子

講書：禮（每星期二次）

看書：資治通鑒（每星期二四六點十頁）；朱子小學（每星期一三五點五頁）同用紅筆點句讀如有不懂解處可問先生

寫字：漢碑額十字（每日寫）；説文五十字（每星期一三五）須請先生略爲講音訓；黄庭經（每星期二四六）先用油紙景寫二月

請問，今天還有多少人真切地瞭解『讀、温、講、看』的區別？當時在周家執教的古文字學大家唐蘭先生盛贊少年周先生『其人少年，學有根柢』。『根柢』實不同於今天泛泛而談的『基礎』，蓋前者重縱深，後者重平面，正是中國傳統世家式精英教育與現代普及式大衆教育分野之所在。這種教育的功過是另外一個問題，但是對於培養國學大師是切實有效的。著名歷史學家田餘慶先生在《周一良先生周年祭》裏非常平實地提到：『周先生還送過我幾種古籍，其中《封氏聞見記》二册是他親手校勘過的，從書尾所記干支看，是他二十出頭所讀。這樣的讀書方法跟今天的「短平快」的讀書相比，可以看出不同年輩的人其國學根底的差異。』就是明證之一。劉成禹《世載堂雜憶》將教育模式分爲『俗學』、『崛起』、『世家』三類，自有其深意。雖説也不是沒有例外，雖説國學大師不必儘是世家出身，但是，世家的教育模式、文化氛圍，更有益於培養真正的國學大師，却也是不爭的事實。時至今日，世家或者世家式的教育早已灰飛烟滅。正可嘆『皮之不存，毛將焉附』。

再一個例子是機構，就是鼎鼎大名的清華國學研究院，離我們也并不太遠。在中國現代教育史上，成功地在很短的時間裏，『批量』培養出符合或者接近『國學大師』標準的人才的機構，這是惟一的一家。研究院本身已是一個熱門的學術課題了，孫敦恒先生編著的《清華國學研究院

史話》堪稱標準著作，有心人自可參看。别的不必説，從由吳宓、王國維等先生起草的《研究院章程》來看，它的宗旨簡單明瞭：『研究高深學術，造成專門人才』；目的樸實明確：『目的專在養成左列兩項人才：(一)以著述爲畢生事業者。(二)各種學校之國學教師。』

《研究院章程》之六『研究方法』更是精義畢現：『本院略仿舊日書院及英國大學制度：研究之法，注重個人自修，教授專任指導，其分組不以學科，而以教授個人爲主，期使學員與教授關係異常密切』；『教授所擔任指導之學科範圍，由各教授自定。俾可出其平生治學之心得，就所最專精之科目，自由劃分，不嫌重復；同一科目，盡可有教授數位并任指導，各爲主張。』『教授學員當隨時切磋問難，砥礪觀摩，俾養成敦厚善良之學風，而收浸潤熏陶之效。』而擔任專任教授的『宏博精深、學有專長之學者』正是梁啓超、王國維、陳寅恪、趙元任！這已是久播於學人之口的了。

有斯院，有斯師，而有斯才，正此之謂。

發願培養『國學大師』的主事者，是否也可以參考一下上面的兩個例子呢？只要稍微熟悉一點現代學術史的人都知道，這樣的例子是不在少數的。今天，大概在經費的充裕方面，或許和過去尚有可比，敢問其他呢？還有嗎？

國故與新知的稱星

根據湯一介先生編寫的《湯用彤著譯目録》(《湯用彤學術論文集》第四一七—四二〇頁，又見《燕園論學集》第五〇一—五〇五頁)，我們一向只知道湯老先生的第一篇文章是一九二一年發表在《學衡》第十二期上的《評近人之文化研究》。而最近出版的湯錫予(用彤)先生論文集《理學·佛學·玄學》，前六十頁内所收的文章均發表於一九一七年之前。而正是這些我們以前不知道的文章，可以使我們悟出中國現代學術界上的一段令人扼腕的往事。

讀這些文章，首先有一種恍若隔世之感。不用説别的，在本書第一頁第三行就出現了『□□』這種通常只有在整理極古老的古籍時才會使用的符號。其次，直接而來的却是切膚之感，時隔六七十年之後，『心同此理』的感覺竟仍是那樣地强烈。

一九一四年九月至一九一五年一月發表在《清華周刊》第十三至二十九期的《理學譫言》是我們首先要討論的。『譫言』者，病中之胡言亂語也，錫予先生用『譫言』作標題，恐怕與理學在晚明之後不斷遭人病詬有關。晚明以降，理學先受到顔李學派的詰難。顔習齋云：『果息王學而朱子學獨行，不殺人耶！果息朱學而獨行王學，不殺人耶！今天下百里無一士，千里無一賢，朝

無政事，野無善俗，生民淪喪，誰執其咎耶？』（《習齋記餘》卷六）無論朱學亦或王學都成了『殺人』之學。清代戴震更痛切指出，理學同於酷吏之法，『酷吏以法殺人』，而理學則『以理殺人』。魏源批評理學爲無用之學，空談之學，誤國之學。理學『使其口心性，躬禮義，動言萬物一體，而民瘼之不求，吏治之不習，國計邊防之不問；一旦與人家國，上不足制國用，外不足靖疆圉，舉平日胞與民物之空談，至此無一事可效諸民物，天下亦安用此無用之王道哉？』（《默觚下・治篇》）及至民國，國勢衰敗至極，復加以西方衝擊，理學自然就更難逃厄運。『打倒孔家店』，其實在極大程度上是打倒理學家，這已成爲啓蒙運動的主要思潮。在『國人皆惡理學』的反傳統思潮彌漫之時，要『闡王』、『進朱』，爲理學正名，就需要極高的道德勇氣，不能不顧慮到時尚所趨。故錫予先生言：『我雖非世人所惡之理學先生者，然心有所見，不敢不言，以蘄見救於萬一，於是擅論古人。』（第一頁）譫言理學背後的苦心孤詣自然不難窺見也。

費希特有一句名言：『你主張哪種系統的哲學，完全要看你是怎樣一種人。』湯用彤先生有感於『自西學東漸，吾國士夫震焉不察，昧於西學之真諦，忽於國學之精神，遂神聖歐美，頂禮歐學，以爲凡事今長於古，而西優於中，數典忘祖莫此爲甚，則奴吾人，奴吾國并奴我國之精神矣』（第三十二頁）。國之將亡，文化之將亡，『故欲救吾國精神上之弱，吾願乞靈於朱子之學』（第三十頁）。不難看出，湯用彤先生是一位極富於族類意識，文化意識之人。在他看來，有志救國不能光靠科學，而要求之理學，即鞭辟入裏之學，但『求鞭辟入裏之學，求之於外國之不合國性，毋寧求之本國』（第二十九頁）。以這種文化意識省視自己的民族文化，自然會認定『理學者，中國之良藥也，中國之針砭也，中國四千年之真文化真精神也』（第一頁）。我們在下面還要談到，給理學如此之高的評價者，并非湯用彤先生一人。他們對中國傳統文化的眷戀，實則是直關族類危機的。因此，『闡王』、『進朱』、『申論』就不可避免地要對朱學、王學以及傳統闡釋注入他們自己的理解。

但是，這種理解絶不是任意曲解，而是旨在將陽明、朱熹的思想學説之精髓賦予時代性再進而闡發弘揚。這就是馮友蘭先生所説的『以新文化來理解舊文化』，已超越了康有爲、譚嗣同那一時代的『以舊文化理解新文化』（《三松堂學術文集・中國現代哲學》）。在『闡王』一節中，湯用彤先生對陽明的『知行合一』、『致良知』、『存養省察』、『克欲制情』、『克己改過』、『格物』；在『進朱』一節中，對朱熹的『性理本體』、『天理人欲』、『主敬窮理』、『反躬實踐』所做之闡釋，

均『明其得失，詳其利害』（第二十九頁）。每每針對時人時事而言，有的放矢。姑舉其例。湯用彤先生辨朱王之學之異同，不泥於前説，而以爲『朱子之學非支離迂闊者』。然就朱學、王學於社會之功用而言，湯用彤先生反對『稱王學而棄朱子』，認爲社會之病『以王學治之，猶水濟水，不如行平正之學爲得，此余闡王進朱子之微意也』（本書第二十七頁）。這表明在朱學、王學之間，湯用彤先生不固執一偏。他的真正目的是『亦非欲人人從二人之學，實僅欲明道德之要』（第三十二頁）。顯然，湯用彤先生最終所向往的并不是具體的某一學説，而是一種文化理想，確立中國文化的道德本體——中國文化自具的特質。

至此，我們大概可以更好地理解湯用彤先生『南方佛學，反而在表面上顯現消沈。却是對後來的影響説，北方的華嚴、天臺對宋元明思想的關係并不很大，而南方的禪宗則對宋元明文化思想的關係很大，特别關於理學，雖然它對理學并非起直接的作用，但自另一面看，確是非常重要』的話，以及認爲禪宗『到了宋朝，便完全變作中國本位理學，并且由於以上的考察，也使我們自然的預感到宋代思想的産生』（《湯用彤學術論文集·隋唐佛學之特點》）。正是希望能『闡王』、『進朱』以『明道德之要』，基本上是搞『考據之學』（《往日雜稿·前言》），基本上走著漢學（或清學）

道路的湯老先生才會對宋明理學特别關注。如果天遂人意的話，湯用彤先生大概是不會不將他的研究領域擴展到宋學的。

無獨有偶，陳寅恪先生也是以考據見重士林而特别推重宋學者。當然，這兩位老先生的考據之學實際上已超過了乾嘉諸老。汪榮祖先生説『他（陳寅恪）雖一貫承襲乾嘉朴學的家法，但已較乾嘉諸老，更上一層。在方法的訓練上，材料的運用上，以及議論的發明上，即沈曾植、王國維也不可及，因寅恪更進而研究外國文字，吸收西方語文考證學派的精義』。（《史家陳寅恪傳》，聯經出版公司一九八四年版，第四十五—四十七頁）但陳寅恪先生畢竟是走的漢學路子，故而汪榮祖先生又撰寫了《陳寅恪與乾嘉考据學》（《九州學刊》三卷一期一九八八年十二月），反駁許冠三先生『近人論述陳氏治史門徑頗有誤解，一貫承襲乾嘉朴學的家法之説，尤其無根』（《新史學九十年》，香港中文大學出版社一九八六年版，第二三八頁）的説法。

陳寅恪先生在學術研究方法層面上承襲漢學家法，實在是没有問題的。令人深思的是，《唐代政治史述論稿》開卷第一句話就是『《朱子語類》一一六《歷代類》三云：「唐源流出於夷狄，故閨門失禮之事不以爲異。」』陳寅恪先生史識卓越，以此二句理學先生的話爲綫索，輔以漢學考

據手段，闡明了『李唐一代史事關鍵之所在』的『種族及文化二問題』。這般路數，陋儒一看，定會說是『不明家法』。其實陳寅恪先生是極贊譽宋學的。

在《贈蔣秉南序》中，陳寅恪先生說道：『歐陽永叔少學韓昌黎之文，晚撰五代史記，作義兒馮道諸傳，貶斥勢利，尊崇氣節，遂一匡五代之澆漓，返之淳正。』（《寒柳堂集》第一六二頁）顯然，緊接其下的『故天水一朝之文化，竟爲我民族遺留之瑰寶』，也是表露出與湯用彤先生一樣的願望，即確立中國文化的道德本體。所以，在《鄧廣銘宋史職官志考證序》中，陳寅恪先生斷然預言道：『吾國近年之學術，如考古歷史文藝及思想史等，以世局激蕩及外緣熏習之故，咸有顯著之變遷。將來所止之境，今固未敢斷論，惟可一言蔽之曰，宋代學術之復興，或新宋學之建立是已。華夏民族之文化，歷數千載之演進，造極於趙宋之世。後漸衰微，終必復振。譬諸冬季之樹木，雖已雕落，而本根未死，陽春氣暖，萌芽日長，及至盛夏，枝葉扶疏，亭亭如車蓋，又可庇蔭百十人矣。』（《金明館叢稿二編》第二四五頁）

世人都推崇陳寅恪先生、湯用彤先生打通了中西學的藩籬，竟忽略了他們打通漢宋學隔閡的努力！實際上，不管他們從事著哪一領域的研究，他們的真正目的絕不是就某學科而論學科，而是要將中西漢宋的門户用理性來打破并使其融會，從而促成華夏民族文化的『終必復振』！

這是一段多麼輝煌的往事，以陳寅恪、湯用彤先生的中西學修養，應該是可以完成他們的意願，至少是完成學理上的證明的。歷史容不得太多的假設。事實上，陳寅恪先生所能做的，只是將他自己的這個論斷『其真能於思想上自成系統，有所創獲者，必須一方面吸收輸入外來之學說，一方面不忘本來民族之地位。此二種相反適相成之態度，乃道教之真精神，新儒家之舊途徑，而二千年吾民族與他民族思想接觸史之所昭示者也』，來比作『殆所謂「以新瓶而裝舊酒」者』，因爲『誠知舊酒味酸，而人莫肯酤，姑注於新瓶之底，以求一嘗，可乎』（《金明館叢稿二編》第二五二頁）。

正是在這種心境下，陳寅恪先生才在《讀吴其昌撰梁啓超傳書後》中慘然而言：『余少喜臨川新法之新，而老同涑水迂叟之迂。蓋驗以人心之厚薄，民生之榮粹，則知五十年來，如車輪之逆轉，似有合於所謂退化論之説者。是以論學論治，迥異時流，而迫於事勢，噤不得發。』（《寒柳堂集》第一五〇頁）

這難道僅是寅恪先生個人的悲嘆嗎？不，這實在是我們民族、我們文化的悲哀！

海外新儒家的研究，在國内已蔚爲顯學。新儒家及其學說不可否認地面臨著前所未有的困境，因而標舉出『返本開新』以爲法門。事實上，熊十力、梁漱溟、牟宗三更多地是做了『開新』的工作，『返本』則在當時未遑顧及，致有今日之困。陳、湯二先生固非新儒家，但他們的確做了迄今爲止尚未得到真正理解的『返本』的工作，而且他們的目的正是在於『開新』。新儒家未遑『返本』，陳、湯二先生未及『開新』，悲夫！

更有可論者，湯用彤先生曾在《印度哲學史略·重印後記》裏檢討自己當年參加《學衡》的『錯誤』。湯用彤先生自然是當年《學衡》的成員。就陳寅恪先生來說，雖然終身不參與任何團體，但這并不等於說，他就超然於時代思潮與學說之外。他的第一篇正式發表的文章《與妹書》就刊登在一九二三年八月的《學衡》第二十期上；他與吴雨僧(宓)先生的令人肅然起敬的畢生友誼爲學界所共知；更重要的是，當年有『哈佛三傑』美稱的陳、湯、吴三位先生在學術思想上無疑是極爲接近的。這三位分别以文、史、哲名家而都有通儒風采的學者在歷史最需要的時候出現在中華文化史上。人們期望，他們也自許能爲中國文化在急流旋渦中找出一條出路來。歷史遺憾地留給我們一個巨大的失望。在《贈蔣秉南序》中，寅恪先生自問道：『嗚呼！此豈寅恪少時所自待及他人所望於寅恪者哉？』

但是，難道我們不能從這個遺憾與失望中汲取些什麽嗎？難道擁有一大批中西學修養極深而都視中國文化爲性命的學者的《學衡》不值得被研究嗎？

近年來，五四前後風起雲涌的衆多學說或學派很少有能够逃過滿懷焦慮而進行反思的研究者的注意的。但前後持續了十一年，總共出了七十九期的《學衡》及以此爲陣地的『學衡派』却受到了冷落。這大概是由於魯迅先生在《熱風·估〈學衡〉》中説過：『夫所謂《學衡》者，據我看來，實不過聚在「聚寶之門」左近的幾個假古董所放的毫光；雖然自稱爲「衡」，而本身的稱星尚且未曾釘好，更何論於他所稱的輕重的是非！』可是，胡適也作過打油詩一首，云『老梅説：/「《學衡》出來了，老胡怕不怕？」(迪生問叔永如此。)/老胡没有看見什麽《學衡》，/只看見了一本《學罵》！』(《胡適的日記》第二六〇頁)

一九八九年，樂黛雲先生發表了《重估〈學衡〉——兼論現代保守主義》，此後，又以此爲基礎，發表了《世界文化對話中的中國現代保守主義》，爲《學衡》這一樽連罎子都險些被砸碎的舊釀(是不是美酒，暫且不下定論)啓封。樂先生在後面那篇文章結束時問道：『當人們大談文化

斷裂，全盤西化或保古守舊，「體用情結」時，是否也應參照一下《學衡》雜志，這一遠非和諧然而獨特的音響？』

我們應該怎樣回答呢？

此文與王守常合作

又一代人的學術史研究

儘管至今仍很難給學術史下一個邊界感極强的定義，以保證它與思想史、文化史等學科有明確的區分，畢竟有這麼一類研究已被冠以學術史之稱。而且這類研究已經有了相當長的歷史，在不同的時期與階段裏呈現出不同的形式、不同的内涵。

今天，我們這一代人在各種各樣目光的關注下，開始了又一代的學術史研究。不管怎樣，我們這一代人必須有自己的眼光，有自己的特色。出版《學人》這樣一個以學術史研究爲中心的集刊，本身就意味著我們已經意識到，我們這一代人必須在二十世紀行將結束，二十一世紀即將來臨之際，當仁不讓，斷然肩負起學術史研究的重任。我們之所以心甘情願地給原本已是疲勞瘦弱的雙肩壓上這麼一副重擔，我想歸根結底首先是因爲我們從一度曾陷入迷茫的内心深處感受到了學術史研究不可回避的重要性。

六七十年前，身處東西文化急流旋渦中的一代讀書人，曾標舉出『昌明國故，融會新知』這八個字，來表明他們的文化立場與取向。有一點很清楚，不研究學術史，就不知道自己的家底，昌明些什麼無從著落，融會些什麼，怎樣融會自然也説不上。然而，就他們所處的時代而言，他們解決

了這些問題。那一代知識份子一般來説都有極好的『國故』底子。當然，之所以會在二十世紀初的國學『世紀末』焕發出國學的異彩，還在於他們擁有令我們這些大半個世紀後的後生小子對之汗顔的西學素養。陳寅恪先生遊學國外達十餘年之久，見過許多的學界偉人，比如德國的吕德斯（H.Lüders），法國的伯希和（P.Pelliot）。這種會見絶不是錢鍾書先生筆下的褚慎明拜見羅素，而是真正地相從論學，所以許多年以後吕德斯的高足林治（E.Waldschmidt，『林治』是只有寅恪先生才用的譯法，十分訓雅）儘管不從事漢學研究，但心中一直有『陳先生很博學』的印象。根據汪榮祖先生的研究，寅恪先生還受到了蘭克（Ranke）實證主義的影響。他老人家又曾留學哈佛，同與他并稱爲『哈佛三傑』的吴雨僧、湯錫予先生一樣，又不可能不受到白璧德（Babbit）之影響（我一直認爲，寅恪先生雖然只在《學衡》上發表過一篇《與妹書》，并且也不參預其事務，但實際上確是《學衡》在中國的精神領袖）。因此，那一代人絶不缺乏真正的新知。他們的文化態度，可以寅恪先生的一些文章爲代表，至今仍有重大意義。可惜的是，他們中的絶大多數，尤其是最優秀者，儘管都像楊遇夫先生贊譽寅恪先生的那樣『萬卷羅胸未肯忘』，但都没有給我們留下研究學術史的專門著作。歷史却最終證明，他們本身就足以成爲學術史上的重鎮，成爲學術史研究的對象。

我們研究學術史，自然也要昌明國故，融會新知，但更重要的是爲建設未來的中國文化服務。這是幾代中國人的宿願。儘管歷史階段、社會狀況都起了本質性的變化，但我們面臨的問題與先輩們面臨的問題，在本質上是頗爲相似的，即怎樣處理本位文化與外來文化的關係，并在處理好這個關係的基礎上構建我們自己賴以安身托命的新文化。中國幾千年的文化已經經受不起太多的失敗了，已經没有太多的選擇機會了。這個任務竟落到了不管從内在素質還是從經驗經歷上都不如前輩的我們這一代人的身上，的確有些勉爲其難，但這無疑是值得我們用整個生命投入的事業。進行學術史研究，清理出一些學理來，就是這項事業的一個有著重要意義的基礎性工作。

中國文化的發展，絶不是封閉體系的孤行。這個發展本身，就是中西學不斷交遇接榫（Wachtel 所言之 acculation）、或分或合或離的動態過程。今天我們研究中國學術史，不能僅用過去學案的方式，恐怕還必須考慮更多的因素。我個人認爲，在以學術史爲主體對象的同時，我們應該而且恐怕也不得不允許學術史與思想史或文化史之間存在一段模糊的邊界。這不僅是因爲後兩者本身以及它們之間的關係同樣無法界定判明，更重要的原因則是，將某一門學科限制在某種界定裏的任何努力都是徒勞無益的。

比如說中國歷史分期的問題已經爭論了那麼長時間，我們應該做些清理工作。這不僅僅要研究已有的成果，還要研究已有的成果從何而來，差不多也就是自己得研究一番了。更重要的是我們不能爲了清理而清理，而是必須通過清理開出新路來。比如說中國歷史的分期吧，我個人以爲，中國歷史的最大特點是文化史的延續不斷，主體素質始終如一，與埃及、巴比倫、印度相比，就格外分明。雖然中國歷史上并不是没有外來文化的衝擊與異族的入侵。

佛教入華，可謂是第一次西學東漸，曾經惹來了無數風波，漸而大行於中土。差不多過了一千年，到了宋代理學興起，才大致上標志著這一階段接榫的完成。而理學，本身就是以清理以往的學術爲其起點的；第二次西學東漸，在時間上與第一次有一段交叉，大致可以以唐代景教流入中國爲其起點標志。以後各代，除了在蒙藏等少數民族地區之外，再也没有過去那樣的氣象了。各種各樣的來自西方的宗教則乘機蜂擁而入。儘管也抓住了一些宫廷人物，甚至像徐光啓、李之藻這樣的知識份子，在民間乃至極僻遠的地區都有了一批信徒，但十九、二十世紀之交間教案的不斷發生，太平天國的最終失敗，義和團的狂猛衝擊，顯然表明第二次西學東漸没有能夠取得成功。遺憾的是，我們似乎没有有意識地把徐光啓、李之藻等人的著作納入這個大背景中進行學術史性質的研究；第三次西學東漸與第二次也有那麼一段交叉，我想可以一些中國學者有意識地運用域外外文材料開始重新研究元史爲起始標志，一直延續到今天，遠未結束。歷史已經告訴我們，前兩次西學東漸都是經過一千年左右才出結果的。我們今天面臨的這次衹是『才露尖尖角』呢。學術本身就是文化在動態發展中形成的結晶，我們不能不對它的歷史做出清理評估，以期得到一些學理上的結論，用來提醒我們，指引我們向前邁進的步伐，使得中國新文化在產生的過程中少些磨難。今天有些學者倡導用基督教救國，能不能考慮一下第二次西學東漸的最終結果呢？今天也有些人擔心中國文化經受不起現在的衝擊，能不能看看前兩次西學東漸之間的那段均爲二百年左右的交叉時間呢？我個人認爲，這個交叉段，是中國文化之所以延續不斷的主要原因之一。

如果要使我們這一代人的學術史研究具有前代所無的特色，首要問題恐怕還是方法問題。人類發出『世界越來越小』的驚嘆也不是一年兩年了。我們怎樣才能使我們的學術史研究在具有鮮明特點的同時納入到世界學術史的潮流中去？不這樣做，我們無法與世界對話，我們的研究的價值與意義就要大打其折扣了。

紅山文化發現了帶有明顯的生殖崇拜特徵的女神像，我們是不是感覺到，這些在中國出土的女神像是世界之鏈上的一環呢？法國早就出土了類似的東西，由東往西，沿途均有出土，歐洲學者曾美其名曰『維納斯』，於今，在遼寧也出現了。那麼，在研究紅山出土的女神像時，難道没有必要考慮將『維納斯』的研究史做一番清理麼？鼎的先祖一般認爲是多足陶器鬲、甗，而這些型制的器具，兩河流域就有出土；魏晋時期天文學裏有個詞『安荼』，顯然是梵文anda的譯音，把宇宙比作卵，實際上也不限於華梵；再説彌勒信仰，我們習慣於將它局限在中國佛教内部來談，其實倘若不明白它和兩河流域Mithra崇拜的關係，恐怕連大乘起源都説不清楚。當然，我們不同意早已過時的『中國文明西來説』，但這絶不能成爲閉門造車的藉口。我們這一代人，必須要有更廣闊的視野，更堅決地進入世界學術前沿的信心與進行對話的勇氣。

在引進西方的新方法新概念的同時，我們必須時刻提醒自己，這些東西不可能完全適用於中國學術史的研究。西方講究技術性，所以對學者的最高評價是『專家』（specialist）；中國講究貫通包融性，所以汪榮祖先生稱陳寅恪先生爲『通儒』（humanist，人文主義者）。

我們能不能探究出一些新的適用於中國學術史研究的方法，從根本上決定了我們能不能留給後人一些我們這一代人的東西，也就從根本上決定了我們這一代人在必將延伸下去的中國歷史、中國學術史上有没有獨立存在的價值。

年代——歷史學的終結?

一位外國考古學家在發掘完畢，面對著精彩莫名的出土瑰寶時，慨然説道：可惜我們已經永遠無法知道，這些珍貴無比的藝術品究竟是由誰在哪一天製作而成，這是無法解開的千古之謎。可是，既然如此，我們又何必孜孜而又徒勞地非要搞個明白不可呢？反正，都是過去的東西，我祇要知道這一點就足够了。

在傳統或者説正統的歷史學家眼裏，上面那段不無道理的話是注定逃脱不了離經叛道的惡謚的。視具體年代時間若無物，毫無疑問，是絶不可能得蒙歷史學諸神青眼相加的。

我們不禁要問：歷史學區别於其他獨立學科的標志是什麽？也就是説，歷史學作爲一門獨立的學科，它的基本要素是什麽？每一位受過一定教育的人大概都會毫不猶豫地答曰：嚴格的編年或年代學。

是的，這自然是個不錯的回答，不過，且慢，讓我們再回答一個司空見慣的問題：歷史學的任務，歷史學的目的又是什麽呢？於是，在我們習慣於將一切視爲理所當然的腦子裏，馬上就會有一個同樣司空見慣，而且百試不爽的答案躍然而出：復原已逝的人類生活，探究人類社會的發展規律。

好的，既然提出這兩個問題和回答這兩個問題都是如此不費吹灰之力，順理成章尤如行雲流水，那麽，至少在置『時間是否存在』與『規律是否存在』這兩大問題（哲學界爲此而生的爭吵至今不休）於不顧的前提之下，我們大可以高枕無憂，在歷史學的殿堂裏安然而臥。

然而，問題却并不因簡單明瞭的答案而釋然，更不會與我們的睡夢一起一朝醒來頓然散去。

人類首次出現在地球上，已是數百萬年前的事情了，也就是説人類已有了數百萬年的歷史了。那麽，我們在其中所能確立的年代到底有多長呢？可憐得很，祇有那麽幾千年。即使是對祇占人類歷史百分之零點五不到的如此短促的一瞬，我們也并不那麽有把握。在人類漫長的歷史階段中，新石器時代離我們應該算不太遠了，我們對這個時代裏的年代是否有能力加以確定呢？對不起，不行；借助於現在高度發展的科學手段呢？諸如碳十四、同位素等等，對不起，仍然不行。君不見，在汗牛充棟的考古發掘報告中屢見不鮮的『±』符號麽？我們只能大致地了解相對的先後，而不是精確的時日。

就各大文明古國來看，至早在距今五千年之前，都有了相當成熟的文字，於是也就有了記載，

可是，我們是否也於是有了精確的編年呢？不幸依然。相對大部分其他民族，中華民族的歷史熱忱是無與倫比的，依靠經過科學驗證的古代日食的記載，我們的確可以在幾千年有文字的歷史中確定下許多具體的日子。然而，即便如此，在我們自己的記載可稱完備的歷史中，至今仍然需要，而且似乎注定一直需要進行大量的『時間考』。遠的不説，甲骨文究竟發現於何年（且不必説何月何日），并未確然無疑。而這肯定祇不過發生在不到一百年前，也就是我們的曾祖輩們的時代，難怪當代著名學者李學勤先生在對日新月異的考古工作寄與溢於言表的厚望時，同樣也感嘆要確切瞭解過去所發生的事情是極爲艱難的。因爲今天的人們往往連曾祖的名字也漠然不知了。

就連現當代史的年代也未必就可以輕而易舉地確定。傳播媒介高度發達的同時或者毋寧説代價是保密手段的嚴密。我們對發生於身邊的事情的瞭解，未必如同對遠離我們的古代某一事情那麼明晰，有時甚至一無所知，這是無數事實昭揭了的。任何寄希望於各類解密規定的人注定要大失所望，因爲真正的秘密是永遠不可解的，所能『解』的『密』，實際祇是願意或可以讓後人知道的無傷大雅的事情。

實際上，對於某些民族而言，年代或者事情發生的時間及其順序并不是歷史的必然要素。在他們眼裏，歷史就是歷史，年代就是年代，了不相涉，風馬牛不相及。印度無疑是其中的傑出代表。誰也不能説印度没有文化，但好像任何人都可以説印度没有歷史。西方大哲馬克思就曾指出這一點，説印度有宗教、神話、文學，惟獨没有歷史。他在《不列顛在印度統治的未來結果》中的原話：『印度社會根本没有歷史，至少是没有爲人所知的歷史。』印度本國尤其是受西方化教育并由此占據了主流地位的學者在這一點上也頗爲坦然，名家阿裏教授説：『如果没有法顯，玄奘和馬歡的著作，重建印度史是完全不可能的。』

試問，誰能想象一個民族没有歷史？誰又能想象歷史居然可以『重建』？否定一個民族没有歷史難道不就等於否定一個民族的存在？重建一個民族的歷史，難道不就等同於重建一個民族？無論是馬克思、阿裏還是其他什麼人，顯然都把歷史與年代等同起來了。在他們看來，年代不僅是歷史的主幹，幾乎就是歷史本身了！

的確有那麼一些幸運的民族，由於上蒼的眷顧，他們生息在極爲優越的地理環境下，林木遍野，果食充足，可以無憂無慮，渴則飲，餓則食，困則無被而臥，樂則束草而舞。這樣的民族充滿了來生來世的幻想，對今生今世的日復一日、年復一年的豐腴視爲當然，既無勞作之苦，又無天降之

災，自然也就無事可記。這正是他們的幸運所導致的不幸。相比之下，地理環境惡劣，天不降福，地不產食，外亂內患頻仍，天災人禍不斷的民族才會記下備嘗的艱辛，記下苦難的歲月，記下自以爲輝煌或確實輝煌的歲月。

我們知道，以年代學爲主幹的歷史學的夢想是盡可能地，最好是全部『整舊如舊』，復原以往的人類生活。年代學正是實現這一夢想的工具，如此而已。

這個頗使人神往的夢想會成爲現實嗎？是不是以往數千乃至百萬年的人類生活會在某天清晨忽然出現在我們面前？

常識將用一雅一俗的兩句話告訴我們：決不可能！

第一句是名聞遐邇的希臘哲人的名言：『人不能兩次踏進同一條河流。』那麼，人又怎麼能夠兩次生活在同一歷史時段中呢？我們所能做的大概至多衹是構擬，既然是構擬，就必然有誤差，無論誤差是多麼地小，總不能算復原。接近，無限地接近，却終不能到達。人類的命運就是一張薄薄的，然而永遠也捅不到的窗户紙。

第二句是某位不知名的民間哲人的民諺：情人眼裏出西施。面對同樣一位動人的少女，有人以爲婀娜多姿，有人却以爲扭捏作態，截然不同。何况歷史固然未必比少女美麗，却實在更爲複雜呢？每人眼裏的歷史必然呈現出不同的風貌，階級地位使然也好，政治觀點使然也好，反正是差異大於統一。當然，西施的美麗不必衹有情人才能領略，於是，偉大的歷史學家就理所當然的是其觀點爲最多的人理解并同意的歷史學家。

越來越多的歷史學著作不再以年代爲主要關注點，也不再以年代學方法爲主要基柱。越來越多的以往不被認爲是歷史學家的人，正日益震撼著歷史學界。

這是否意味著什麼在不遠的將來我們就無法置之不理的趨勢？

自由豈能強迫

當大陸學術界的學者們，或埋首國學，或投身後學，或各執己見忙於彼此爭論時，兩位在理論界、學術界聲望久著的老人卻悄悄地、認真地思考著一個問題：盧梭的國家學說，特別是他的『公意』(general will)說。

兩位老人，一位是曾經發表過大量哲學論著，近年來更以《十年的路》、《社會主義新路向》備受海內外知識界關注、曾經擔任過《紅旗》編委、中共中央黨校副教育長的吳江先生；一位是在文學理論、思想史領域新著叠出、『有思想的學術和有學術的思想』的首倡者、曾經擔任過中共上海市委宣傳部部長的王元化先生。兩位老人年齡相若，經歷相近，早年都曾是積極投身於社會活動的知識青年，三四十歲起就都已經擔負起相當重要的領導職務。中年後又都歷經磨難，王元化先生更是早在一九五〇年代就被定爲『胡風反革命集團』成員，長年打入另冊。恢復工作後都在艱難的條件下，爲解放思想作出了必將記諸歷史的重大貢獻。老年從高位退下來後，又都結合自己的經歷，不停思索，手不輟筆。王元化先生即新啓蒙和反思的主要倡議者之一。尤其讓人敬佩的是，無論環境多麼嚴酷惡劣，他們都堅持讀書思考，從未放棄過思想的權利。

近年來頗能吸引學術文化界注意的《文彙讀書周報》(一九九八年六月六日)在『吳江與王元化關於《社會契約論》的通信』紅色通欄標題下發表了『來信：吳江致王元化』和『回信：王元化致吳江』。兩封信的篇幅相差甚大，回信大約是來信的四倍。王元化先生的『回信』實際上完全是一篇精采的大文章，并且完全按照學術規範附有約占全文五分之一的注解，自然不可以一般意義上的友朋書函視之。

吳江先生在『來信』中簡要敘述了對盧梭國家學說的看法，重點在盧梭學說與馬克思、列寧國家學說之間的關係，最後指出：『但是非常惋惜，至少在我看來，我們的理論界(無論前輩或後輩)并沒有提出過一個比較具體的完整的新國家學說來……我想，這恐怕正是導致我們的政治體制改革步履艱難的重要原因之一吧。』很明顯，吳江先生以一位閱歷極其豐富，并且參與過上層理論運作的資深理論家的敏銳，一針見血地點明了中國政治體制改革的癥結所在，更反映了他老而彌堅的現世關懷。

王元化先生的『回信』當然是對吳江先生的回應，但是，他并沒有直接談出自己的『國家學說』，而是採取了『寓立於破』的筆法，嚴格循著學術思辨的路徑考察乃至批判了盧梭的國家學

說，從而將自己的思想以更有理據的形式表述了出來。

王元化先生所據者係由何兆武先生自己校訂過的商務印書館『漢譯世界名著』本《社會契約論》，這是迄今爲止最佳的譯本，譯文通暢準確之外，還將哈伯瓦斯（Halbwachs）、伏漢（Vaugham）、波拉翁（Beaulavon）注釋本的注釋收爲注脚，極顯譯者功力與眼光。元化先生說『政治學說正是我的弱項，……對政法經不感興趣，很少問津這方面的書籍。但《社會契約論》恰恰屬於後者』，這固然是夫子自道，却也是自謙之辭。實際上，元化先生在此之前已發表了備受學林重視的《與友人論公意書》，由此可見，元化先生此文是長時間思考的結果，斷非急就章之可比。

然而，元化先生仍然『重讀用去了兩個多月時間，還記了筆記』，我們不應該忘記《社會契約論》衹是一本薄薄的小册子！元化先生一開始就爲真正理解這本書定下了標準：『從那些實質性的問題後面，去領悟作者賦予它們的思辨意義』；反對徒然僅憑常識：『書中那些思辨哲學不是僅僅憑藉常識就可以理解，相反，常識在這裏往往只會起著誤導作用。』

盧梭對羅馬民主制的矛盾態度首先引起元化先生的注意。盧梭一再强調必須把立法權與行政權嚴格區分開來，而羅馬却正是『以制訂法律的人來執行法律』，因此，盧梭認爲『沒有別的政府是像民主的政府或者說人民的政府那樣易於發生內戰或內亂了』，對羅馬民主評價不高，自然是毫不奇怪的。問題在於，盧梭在第十二章中完全換了一種態度，他稱贊『羅馬人民不僅行使主權的權利，而且還行使一部分政府的權利』，贊頌『羅馬共和國是一個偉大的國家，羅馬城是一個偉大的城市』。顯然，盧梭的學說，思想中存在著某種很難調和的矛盾。元化先生注意到盧梭在第四章中對民主制進行了一般性的描述：『就民主制這個名詞的嚴格意義而言，真正的民主制從來就不曾有過，而且永遠不會有。多數人統治而少數人被統治，那是違反自然秩序的。』所以，『可以用民主制來治理』，必須先假設『如果有一種神明的人民』。即使的確有『神明的人民』呢？『但那樣一種十全十美的政府是不適於人類的。』

那麽，問題出現了，盧梭到底要什麽？他到底要不要民主？要哪一種民主？如何來使之成爲可能，至少理論上使之可能？也就是說，他要哪一種制度？常以身爲日內瓦城邦公民而自豪的盧梭很自然地傾向提倡共和國社會形態。共和國當然沒有君主，當然只能由人民來治理。組成共和國的人民是活生生的具體的人，用盧梭自己的話來說有著『個人固有的意志，它只傾向於個人

的特殊利益(即私利)』。治理又如何是可能的呢?

元化先生以擒王的手法拈出公意説是《社會契約論》的核心。早在《與友人論公意書》中,元化先生就已將公意、衆意、私意和黑格爾的普遍、特殊、個體作了比較研究。元化先生在被隔離審查期間,以驚人的毅力無數次地反復閲讀黑格爾的哲學著作,韋卓民先生曾嘆爲『韋編三絶』。元化先生當年的閲讀筆記躲過浩劫,由百花洲文藝出版社於一九九七年影印出版了,書名就叫《讀黑格爾》,在此不能詳加評述。正是靠了這個比較研究,元化先生揭示出『盧梭的公意正如黑格爾的總念的普遍性一樣,這個普遍性特殊性與個體性統攝於自身之内,從而消融了特殊性與個體性的存在』。元化先生引用了距今七十年前出版的,向來不受重視的張奚若《社約論考》中的算式。張奚若先生説:『公意是以公利公益爲懷,乃人人同共之意。如甲之意 =a+b+c,乙之意 =a+d+e,丙之意 =a+x+y。所以公意 =a。而衆意則是以私利私益爲懷,爲彼此不同之意,因此衆意 =a+b+c+d+e+x+y。所以公是私意之差,而衆意是私意之合。』

由此,元化先生斷言盧梭是一個『徹頭徹尾的集體主義者』,并將阿爾圖塞指出的盧梭《社會契約論》的『四大裂縫』(即一,締約的第二方不明確;二,主權交换同義反復;三,契約承受方不在場;四,公益私利混淆不分)簡單明瞭化了:『盧梭的社會契約最初是人民將自己的全部權利轉讓給集體,以公意作爲最高的指導。……締約的人民被稱爲主權者……;另一方面他們又以締約者的另一重身份,作爲守法的臣民。前者是他倆的權利,後者是他們的義務。』元化先生多次引用張奚若的話:『譬如一國中有一萬人,主權者之於個人,猶萬之於一。個人之於主權者,猶一之於萬。個人之爲服從於法律的人民,爲完全的絶對,而其爲主權者,則僅爲萬分之一。……個人僅爲主權者的一微小部分,又須完全服從主權者所造之法律,其結果豈非個人僅有主權者之名,而無主權者之實,受多數壓制而爲不自由之甚乎?』

只有在元化先生揭示了人民的雙重締約者身份之後,張奚若的七十多年前孤明先發的『譬如』才有了堅實的學理基礎。不以元化先生之説爲發覆,豈可得乎?至此,元化先生已經證明:抽掉了特殊性和個體性的『人民』就是奴隸,從而也就從根本上抽去了那些虚妄的社會制度的梁骨,取消了它的合法性與合理性。

事情却并不就此終止。盧梭在肯定『公意永遠是公正的,而且永遠以公共利益爲依歸』的同時,却又否定他又偷偷地將特殊性和個體性還了回去的『人民的考慮也永遠有著同樣的正確

性』，因爲『人總是願意自己幸福，但人們并不總是能看清楚幸福。……人民往往會受欺騙』，而且『人民甚至不能容忍别人要消滅缺點而碰一碰自己的缺點，正像是愚蠢而膽小的病人一見到醫生就發抖一樣』。顯而易見，具體的人民需要領袖和導師，抽象的公意需要代表者與執行者，在元化先生的步步追問下，盧梭的『能够洞察人類的全部感情而又不受任何感情所支配的最高的智慧』、『很願意關懷我們的幸福』、『能够改變人性』、『改變人的素質，使之得到加强，能够以作爲全體一部分的有道德的生命來代替我們人人得之於自然界的生理上的獨立的生命』的人原形畢露了，他絶非如盧梭所用的傳統西方譬喻『牧人』那樣，儘管手上須臾不離鞭子，但多少還有那麼一點點田園的美感，一句話，他就是專制、獨裁的統治者，是真正的人民流盡熱血從前門趕走了的君主，於今竟然又大摇大擺、堂而皇之地從前門走了進來，因爲照盧梭的理論，他又有什麼必要要悄悄地走後門呢？他應該接受人民的鮮花，不應該也不需要躲開人民的目光！

有了這樣的『敢於爲一國人民創制的人』，不，應該是神，因爲『要爲人類制定法律，簡直需要神明』，還有什麼事情做不出來呢？盧梭明白作爲特殊的個體的人民，對永遠正確的公意也未必没有反對者，因此，他主張『任何人拒不服從公意，全體就要强迫使他服從公意，這恰好就是

説，人們要迫使他自由』。盧梭似乎没有意識到自己一手造就的『創制的人』是法力無邊的，因而就如何强迫的問題，他提出了類似於請客吃飯的辦法：『投票的大多數是永遠可以約束其他一切人的。』元化先生指出『於是又退回到「多數人統治少數人」的道路上』。實際上，元化先生在此指出的是盧梭的邏輯矛盾，因爲我們前面引用過盧梭認爲多數人統治少數人違反自然秩序的話，不過，這些都已不重要，因爲神已被創造出來，君主已被召回，而他們是不在乎邏輯是否内洽的。盧梭引馬基雅弗裏爲同調，乃至於以爲《君主論》『是共和黨人的教科書』，并且對洛克很不感興趣，也就是理所當然的了。

盧梭學説的危害性至此坦露無遺，我們不再引用元化先生的話了。美國紐約大學歷史系教授諾曼·韓普森（Norman Hampson）在《法國大革命》（王國璋中譯本，麥田出版，一九九八）中針對盧梭評説道：『這裏的民主，都是威權式的民主。忠實反映全體社會真正價值的全意志（general will），在道德上是絶對無可置疑的，但這就意味著：反對的聲音不僅將被敵視爲搞山頭，甚至會被認爲是邪惡的。當人們假全意志之名，脅迫異議分子俯首不得妄動至承認其錯誤時，他們衹是强迫他接受自由。』要之，亦不失爲知言。

作爲當代中國學人，也許我們更應該考慮，盧梭的思想是怎樣融入中國政治傳統之中的？林崗先生在《激進主義在中國》一文中指出：『維新失敗後，政治上激進的呼聲越來越高漲。在當時，報刊介紹盧梭，名人談論盧梭，盧梭成了中國有識之士的偶像。』林先生舉了許多極其生動的例子，可見當時人是如何歌頌盧梭的，限於篇幅，我們就不具引了。韓普森教授也説道：『在爲革命揭開序幕的隆隆輿論炮聲中，盧梭的感召力量，在某些激越的政治主張及衆人的激情言語中皆清晰可見』，『革命的未來領袖們對於全意志概念引來的哲學問題并無多大興趣，雖然對於擷用該詞他們倒是顯得樂此不疲。……全意志一詞落在這些人手裏，摇身化爲衝擊特權體及神聖傳統的破城槌』，正可爲林崗先生之説做一注脚。

盧梭學説影響中國的渠道，融入中國政治傳統的載體當然不是唯一的，但是，中國的激進主義，必然扮演了最爲重要的角色，與盧梭學説相扇爲烈，則是無可置疑的，在這裏當然是不可能詳論了。遺憾的是，在《廿一世紀》近來發表的十來篇討論中國激進主義的文章中，似乎只有林崗先生的文章提及了盧梭。這個現象，倒是頗值得我們深思的。

真實的北大

一九九八年四月底至五月初，數以萬計的北大校友蜂擁前往北京，光怪陸離的慶祝場景，包括平時未必屑於及口的香港及大陸流行歌星的演唱會。嚴謹扎實的北大人志滿意得地歡度世紀校慶，日子是就校史而言其真實性尚需大力考證的五月四日。通常只對數千年之長的悠久歷史充滿敬意的心高志遠的北大人，興高采烈地歡慶了一百年校慶。

五月四日結束了，百年校慶的輝煌將轉入記憶。在相當一段時間内還會吸引人們注意的，倒是出版界借此百年一遇的良機推出的質量參差不齊的不下四十種與北大百年校慶有關的出版物。

郝平的《北京大學創辦史實考源》和陳平原所著《老北大的故事》，無疑是其中最引人注目的。對一般讀者來説，陳書或許讀來更爲愜意，素雅的封面上用淡黑色略顯朦朧地印著四幅老照片，同時也揭示了作者的關懷。的確，陳平原筆下的北大充滿了或明或暗的疑惑，有意無意的遺忘和篡改。也許在堅信北大擁有一以貫之的傳統的人看來，很不清晰，但是，對一切不再願意輕信的人來講，却更爲真實。校慶日顯然應該是建校日，那麽，何以前五十年是十二月十七日，而在

一九五〇年代初却不知不覺地變成了與建校了無干系的五月四日？難道心氣高傲的北大人竟要攀附這個光輝的日子嗎？難道北大對五四的歷史功績和地位在此之前被一筆抹殺不予承認嗎？蔡元培先生絕對是偉大的教育家，那麽，他之前難道就没有校長了嗎？如果有，他們曾經爲北大作過些什麽？他們是否爲蔡先生留下了什麽基礎？一九四九年之前，除了一度被粗暴地塞進歷史字紙簍的胡適，别的校長呢？

校慶日和歷任校長就需要費上很多口舌，那麽，遠爲抽象的北大傳統又從何説起呢？《北大舊事》和《我與北大：『老北大』話北大》，收入了許多今日已不易得見的老北大的趣聞軼事。有趣固然有趣，却實在難以提供切實的『傳統』。當然，這也未必是兩書的目的所在。蔡先生的『循思想自由原則，取相容并包主義』，通常被簡略成『思想自由，相容并包』八個字，作爲北大傳統的概括。相容并包往往容易被太過渴望自由的國人理解爲無所不包，上舉兩書中就有文提及近來頗爲時髦的辜鴻銘，此例甚合國人心理。事實呢？蔡先生的名文《致〈公言報〉函并答林琴南函》發表後不很久，辜老爺子就被解聘，理由據陳平原是『教學極不認真』。這個久已被人忽視的史實，倒實在是蔡氏八字的最佳注解。錢玄同寧願退回薪水也拒絶改卷，林損在唐詩課上把陶淵明説成唐人，同樣是久播北大人之口、甚至備受艷羡的軼事。然而，至少後者的結果也是被解聘。時人後人多有從北大人事矛盾中找尋原因者，現在看來，教學太過自由并不是相容并包的對象。蔡先生的『思想自由』實在是指個人信仰的自由，并不是指在課堂上乃至社會上宣傳一切思想的自由。百年校慶是曠世大典，自然不宜提及蔡先生如果不是『清共』的發起人、至少也是擁護者的事實。

説不清北大傳統到底是什麽？就環境而言，今天的北大校園是燕京的舊地；就至今支撑著北大學術威望的學者而言，君不見，校慶大典之夜，唤起人們無盡崇敬之情的北大三老都非所謂的『北大出身』？季羡林先生出身清華，張岱年先生出身清華，侯仁之先生出身燕京。又有多少今天承擔著延續乃至發揚北大傳統『責任』的學者，絕對够得上所謂的『全北大』呢？誰都不能斷然否認，清末民初、民國初年北洋政府、抗戰時期聯大、民國末年、解放以後的北大的確是同一個北大；同樣不能斷然否認的是：這些不同時期的北大又是如此的相異。

五十年前的北大，靠著令人神往的氣韵，吸引了全國各地的優秀人才，五十年後的北大更擁有著他校所無法比擬的政策優勢。北大人在百年校慶時可曾真正地想到這一點？

《我與北大》的封底上印著三位偉人的話：毛澤東的話從斯諾的《西行漫記》回譯，顯然并非原話，先置之不論；魯迅《我觀北大》的話倒真值得北大人深思，『北大是常與黑暗勢力抗戰的，即使祇有自己』當然值得北大人自豪，『北大常爲新的，改進的運動的先鋒，要使中國向著好的，往上的道路走』，恐怕更應使北大人加倍持重，不信請看季羡林先生的《牛棚雜憶》；李大釗《本校成立第二十五年紀念感言》『只有學術上的發展，值得大學的紀念，只有學術上的建樹，值得「北京大學萬萬歲」的歡呼』，則應爲北大人敬記勿忘！

真正的北大傳統已有李慎之先生爲《北大傳統與近代中國：自由主義的先聲》所撰寫的序『弘揚北大的自由主義傳統』的題目昭然揭示了，同時，該書墨黑的封面也讓人們感受到這一傳統的艱難與沈重。

一九三〇年代胡適應邀參加哈佛大慶時，五百所大學的校長按學校的年齡魚貫而入。北大人，你可知道，領頭的是埃及的亞力山大大學校長？北大人，你可知道，北大排在第幾？等你查明了，相信你會明白，一切的比大小和比長短都是那麼的無謂而可笑。

《道學政》譯後記

一年多前，王元化先生將原書交給譯者，命譯者將其譯成中文。豈料，由於許多始料不及的原因，這本不到二百頁的書，竟然拖沓至今方才譯畢。所幸的是，總算還沒有拖到下一個千年，也只有這一點，差可自慰。

杜維明教授英語造詣之高，早已蜚聲國內外學界了。純從語言角度講，本書漢譯的難度不僅不低於，甚至在相當程度上還要高於西方學者中國研究論著的翻譯工作。想要既忠實於原文的語法、句式結構，又要使譯文準確流暢，實在超出了譯者的能力。因此，譯文中肯定會有削足却未必適履或削履却未必適足的現象。需要慎重説明的是，譯者既然自揣做不到兩全其美，就祇能盡最大努力做到不削原文之足，即絶不損害原文所表達的意義的精確性，採取多換譯文之履的無奈方法，即寧願犧牲譯文風格表面上的一致性。謹舉二例，比如原文中常見的『Confucian Humanism』一詞，我們就根據上下文，揣摩杜維明教授在使用此詞時究竟重在描述還是意在闡釋，有時譯作『儒學』，有時譯作『儒家人文主義』。又如『personal knowledge』，就有時譯作『個人知識』，有時則譯成『爲己之學』。類似的情況不少，當然不可能，而且也無必要在譯文中一一

注明。

本書在杜維明教授幾可等身的著作中，是注釋篇幅較大的一種，引用中文古籍尤多。譯者一般都回復原文。少數情況下，杜維明教授自己的或引用他人的譯文包含了自己所贊同的詮釋立場，譯者就照英文直譯，同時仍然注明原文出處。這照理是翻譯工作題中應有之義，似乎也并非太過吃力的事，可是，譯者遇到的情況很有些特別。譯者眼下寄居城市的某所據説也算是著名的大學，藏書未必算少，但分類十分科學化，經常據分類者的高見，將一些大套叢書拆散，分別庋藏於山頂、山腰、山脚的幾個不同書院的圖書館內。若是巧遇一位多産作者，那就是譯者的不幸了，因爲這位作者名下的著作大致也不會例外，按類照拆分放不誤。倘若不滿於此種分類法，實在大有蔑視科學的嫌疑，譯者自然不敢冒此大不韙。碰巧或不巧，譯者又住在與藏書山相距甚遠的另一座山上，因此，很多時候只能實踐『書山有路勤爲徑』的古訓，汗流浹背，氣喘如牛，哀嘆『學海無涯苦作舟』了。復原工作完全成了登山運動。此外，杜維明教授的引文時而還出自哈佛大學哈佛燕京學社所藏的珍本，或友人相假的北美孤本。當然，在這種情況下就不能按原注索驥了，祇有勤翻此間能找到的通行本，以落實中文出處了。其中甘苦，自不足爲外人道也。

雖然如此，譯者仍然覺得甘多於苦。本書的學術價值和思想意義，讀者自會評斷。譯者在此祇想提出一點。譯者的兩位恩師，季羨林先生和王元化先生，多年前曾不約而同地指出，要把中國的許多理論術語用明確的語言表達出來，如此才有可能避免乃至杜絶借鑒流於借用、比較流於比附的病態現象。這個意見的重要性似乎并未得到學界的足够重視。試觀當今學界，或亂點鴛鴦，或找關親戚，『附』的心態遠過於『較』的心氣；或閉門造車，或不問魏晉，『鑒』既不顧，『用』自有限。至於天神龍鬼、老子歌德之類，更是目不暇給。杜維明教授對西方學術思想源流、變遷軌迹十分熟悉，同時又恪守從儒學本身研究儒學的原則，所做的『借鑒』、『比較』可謂左右逢源、相得益彰。正值得當今中國學界以爲自己研究方法之『借鑒』，據以與自己研究成果作『比較』。

原書在美國印刷，書中漢文難免魯魚亥豕，徑改不注；譯者保留了原書頁碼，方便讀者直接利用原書索引；最後一篇文章出於各種原因有極小的改動。另外，本書提及的歷史人物的生卒年份與國内通行辭書所載不盡一致，除了原文明顯的誤印徑改之外，長久以來聚訟紛紜莫衷一説之處，則保留原作者的説法。原作者對某些人物的評價偶有前後互歧之處，可能反映了作者學術思想的變化，也一概保持原貌。

二位譯者一位畢業於外語系，現在任教於大學歷史系；一位畢業於歷史系，現在任教於大學外語系。這樣的結果，既非出於誤會，更稱不上美麗。本書則是一項美麗的合作。此時，二位譯者分別住在香港和長崎的山上，相距幾千公里。

還是要學好文言文

小而言之，人不能忘本；大而言之，任何一種語言文字、文學、文化，也都不能沒有傳統。數典忘祖總是很可悲的。

中國是世界上最早使用文字的幾個文明古國之一，數千年來積累了汗牛充棟的文獻。古人是怎麼說話的，今天已經不能確知。儘管很早就有用所謂的古白話寫成的作品，但是，白話的大規模興起畢竟是相當晚的事情，也就是差不多一百來年的歷史。古代的文獻更是絕大部分用文言文寫成。

我們若要瞭解中國的古代文化，當然還可以憑藉遺存下來的豐富的文物。但是，文物的出土和傳世都有很大的偶然性，而且對文物的理解也往往需要參照文獻。比較之下，中國的古代文獻歷代都有，基本沒有斷層，是我們盡可能全面完整瞭解古代文化的最重要的依據。

無論是語法，還是辭彙，白話文都和文言文有著密不可分的血緣關係。這樣的例子實在不勝枚舉。沒有一點文言文的基礎，要想很好地使用白話文是有不小的困難的。

具體來看一下二〇〇一年全國普通高等學校招生統一考試（上海）的語文試卷，就可以說明

文言文的重要性。

第（六）是閲讀元好問的《射説》，解釋其中的字詞，選出兩句要求考生譯成現代漢語，用自己的話（當然是白話了）概述文章的觀點。第（五）是閲讀古代名句，還要『談談你對這一名句的體會』。第（四）是閲讀辛棄疾的名作《摸魚兒》（『更能消幾番風雨』），要求判明詞中主要的修辭方法，解釋一些句子和字詞的寓意。顯然，（四）、（五）、（六）考的就是文言文基礎，沒有在這方面下過相當工夫的考生，一定是很難拿分的。

（一）、（二）、（三）是現代文閲讀，亦即白話文閲讀；但是，第（一）中引用了不短的一段《浮生六記》裏《閑情記趣》中的話，完全是優美的文言文；第（二）中也有『莽人』、『何其多也』、『運用之妙，集於一心』這樣的文言，而且也和要考的内容直接有關；第（三）的『甲』是由『子在川上曰：「逝者如斯夫，不舍晝夜」』發端，歸結到對『永遠』的感受。『乙』裏除了『苦熱』、『瘦損』這樣明顯帶有文言氣息的詞，還有『倘在艷陽時節，春水暴漲；或當九秋天氣，苦雨新霽』這般的對仗句子。這就説明，即使是考白話文，也無法全然置文言文於不顧。不僅是不能，而且還相當重要。

至於在語文考試裏很是重要的作文，二○○一年的題目與『文化遺産』有關。這是一個好題目，有可以想象的空間，有可以憑藉的基礎。既然是『遺産』，那麼，考生的腦海裏如果多幾篇相關的文言文名篇，肯定大有助益。一方面抒發思古之幽情，一方面描摹今日的新姿，古今相融，今昔往還，虛實互補，可以使文章的層次和面相更加豐富，易於構思組織。

我個人認爲，這份考卷是非常成功的。它的成功就在於不僅沒有切斷文言文和白話文的血肉聯繫，而且還將兩者有機地組合在各方面都有所限制的試卷裏，有咫尺天涯之妙。

這份試卷可以相當公平而有效地測試出考生的漢語文基礎，也給考生的潛能留下了合適的表露空間。有文言，有白話；有規矩，有方圓。我要向出題的老師們表示由衷的敬佩。

僅僅敬佩還遠遠不够，我還要表示深深的感謝。因爲，我們絶對不能忽視高考試卷的導向性功能。不成功的試卷會將教師和考生導向不正確的方向，這種危害之嚴重，每一個有教學經驗的教師都是深有體會的。成功的試卷，比如二○○一年全國普通高等學校招生統一考試（上海）語文卷，就可以相當有效地引導教師的教學，調控考生的漢語文知識結構，盡可能妥善規劃好文言文和白話文兩者的教學學習進程。須知文言文和白話文是我們中國人賴以行走的雙脚，我們對待它們的態度應該是一視同仁的，絶不能有所偏頗。

所以，我個人以爲，還是要學好文言文。

這還使我想起中國現代教育史上的一場爭論，恰好也是和高考的語文試卷有關。當時是各大學分别出題招生，一九三二年，博通古今，兼擅中西的著名學者陳寅恪先生爲清華大學入學國文考試出題。陳寅恪先生對漢語文的特點自然是瞭然於胸的，他考慮在尚無萬全之策的情況下，要『求一方法，其形式簡單而涵義豐富，又與華夏民族語言文學之特性有密切關係者，以之測驗程度，始能於閱卷定分之時，有所依據，庶幾可使應試者，無甚僥幸，或甚冤屈之事。閱卷者良心上不致受特别痛苦，而時間精力俱可節省』。於是，提出用對對子的辦法來考試。陳寅恪先生有四條理據：甲，對子可以測驗應試者，能否分别虚實字及其應用；乙，對子可以測驗應試者，能否分别平仄聲；丙，對子可以測驗讀書之多少及語藏之貧富；丁，對子可以測驗思想條理。

此説一出，頓時嘩然，於是陳寅恪先生就寫了有名的《與劉叔雅論國文試題書》加以説明，力却衆疑。有興趣者自可參看。

我當然不是説今天的高考一定要對對子。時代畢竟不同了，但是，陳寅恪先生的做法難道就没有值得我們深思的地方嗎？至少，我們應該同意陳寅恪先生要求考生學好文言文的意見。

對子與語文程度

對對子或者説對子本身自然具有很多功能，比如，展示文采，炫耀腹笥，結交文友；或於詩酒文會呈能鬥强，或於向隅之際自娱自樂，等等，不一而足。這些都是不難理解和想象的。但是，對子還可用作高等學府招收新生的一類語文試題，以測試考生的語文程度，這在今天的人們看來，是否多少有些匪夷所思了呢？

這不僅是確確實實發生過的，而且出題者不是别人，當然也是用對子測試考生語文程度的倡導者，正是博古通今、中西同嫻，留學十數載，就讀歐、美、日名校，通十餘種外語的中國現代學術大師陳寅恪先生；這所高等學府正是鼎鼎大名的清華大學；時間是一九三三年。

這個主張在當時就引起軒然大波，發難者甚多，都認爲用對子來測試學生的語文（當時一般叫作『國文』）程度是落伍保守之舉。陳先生於是在一九三三年七月發表了著名的《與劉叔雅論國文試題書》（原載《學衡》第七十九期），藉致信時任清華大學國文系主任的劉文典先生，公開表明自己的理據和觀點。

陳寅恪先生提出，在符合理想的『真正中國語文文法未成立之前』，若要『求一方法，其形式

簡單而涵義豐富，又與華夏民族語言文學之特性有密切關係者，以之測驗程度，始能於閱卷定分之時，有所依據，庶幾可使應試者，無甚僥幸，或甚冤屈之事；閱卷者良心上下不致受特别痛苦，而時間精力俱可節省者」，那就『似無過於對對子之一方法。』這是『誠意不欺，實事求是』的。

以《馬氏文通》爲代表的用西洋語法來講中國語言文字規律的做法，是陳寅恪先生堅決反對的，他直截了當地批評道：『文通，文通，何其不通如是耶？』他認爲，每種語言文字在通性之外，更有自己的特性。而對子，或者説通過對對子正可以展示國語的特性，并且也由此可以測試考生的國語程度。

陳寅恪先生列舉了四條：甲，對子可以測驗應試者，能否分别虚實字及其應用；乙，對子可以測驗應試者，能否分别平仄聲；丙，對子可以測驗讀書之多少及語藏之貧富；丁，對子可以測驗思想條理。同時，陳先生在文章裏也一再表明，用『對子』來測驗國語程度是『無可如何，不得已而求一過渡時代救濟之方法』，『此方法去吾輩理想中之完善方法固甚遼遠』。

雖然也有不少人贊同陳寅恪先生的主張，比如吴宓先生就認爲上述的《與劉叔雅論國文試題書》和陳先生的另一名文《四聲三問》是『似爲治中國文學者所不可不讀者也』，但是，似乎還是不以爲然者居多。

時至今日，語文教學特别是如何才能合理有效測試學生的語文程度，仍然是困擾大家并且日益受到全社會關注的一個大問題。陳寅恪先生的主張是否可以給我們一些啓示呢？

張伯駒與對聯

張伯駒先生也是名列民國『四大公子』的人物，和其他三位公子相比，在家世出身、嗜好學養方面，應該説他和袁寒雲比較接近。

既然稱得上民國『四大公子』，其家世之顯赫貴盛自然是不消説的。張伯駒和袁世凱是同鄉，也是河南項城人。一八九七年出生。其父張錦芳之兄張鎮芳是光緒三十年進士，是歷任同治、光緒帝師的狀元宰相孫家鼐的門生。有此奥援，加上張鎮芳本人也的確非常幹練，因此，官是做得風生水起，而且多是諸如長蘆鹽運使之類的肥缺。清朝垮臺後，張鎮芳的宦途更爲順達，家産更加膨脹。個中原因倒也并不複雜：其姐嫁給了袁世凱之弟袁世昌，此其一；袁世凱受滿清貴族排擠，『回鄉養疾』，别人是避之惟恐不及，張鎮芳却在天津站携銀票數十萬兩孤身相送，此其二。有此伯父本來已經够厲害的了，却還更有甚者。張鎮芳本人無子，乃據族規將張伯駒過繼爲子。因此，張伯駒實在可以説是生長於大富大貴之家，成長環境之優越，當然罕有其匹。在其前半生真可謂富貴子弟滿途留芳。

張伯駒也確實風流過，但是他的主要愛好却是中國傳統文化。他精通辭章之學，優於書畫鑒賞，對於京劇藝術也有極其高深的造詣。再加上坐擁金山銀山，更使他成爲了二十世紀中國首屈一指的收藏家。這些耗盡了張家百萬家産，張伯駒視爲生命的名家劇迹後來都無償捐獻給了國家。根據一九五七年七月文化部的『褒奬狀』，其中就有：晋陸機《平復帖》、唐杜牧《張好好詩》卷、宋范仲淹《道服贊》卷、蔡襄《自書詩册》、黄庭堅《草書卷》。國家擬將這些無價之寶作價二十萬相酬，却被當時已不再富裕的張伯駒夫婦謝絶了。

這樣的一個時代裏，這樣的一個人物，是不可能與對聯無緣的。張伯駒就編著過《素月樓聯語》（上海古籍出版社一九九一年），共四卷，有心人可以參看。此書的『自序』有一段話，代表了張伯駒對對聯的基本觀點：『中國對聯在世界上爲獨有之文學藝術。因漢字之獨特構造，我國詩歌自然由古樂府發展到律詩，而對聯即律詩中之腹聯也。至清中葉後，福建盛行詩鍾，亦爲對聯之一種。除五、七言外，更有四言、六言、八言，以至近於賦體、詞體之長短句。自來佳制如天造地設，雖鬼斧神工，難窮其妙。』這個觀點不能不説是非常精當的。

題目既然是『張伯駒與對聯』，列舉兩條與張伯駒有關的對聯當然是題中應有之義。

第一對是張伯駒所撰的陳毅元帥挽聯。上聯是：『仗劍從雲作幹城，忠心不易，軍聲在淮海，

遺愛在江南，萬庶盡銜哀，回望大好河山，永離赤縣。』下聯是：『揮戈挽日接尊俎，豪氣猶存，無愧於平生，有功於天下，九泉應含笑，佇看重新世界，遍樹紅旗。』

這副對聯被前來參加追悼會的毛澤東看見了，大爲欣賞。陳毅夫人張茜仗義執言，向毛澤東述說了張伯駒一無户口、二無工作的窘境。毛澤東是懂得欣賞聯語的，遂囑咐周恩來過問解決了張伯駒的問題。

另一副是別人挽張伯駒的聯語，作者不詳。一九八二年二月二十六日，嘗盡冷暖榮辱的張伯駒撒手人寰。這副挽聯的上聯是：『晋唐寶迹歸人民，先生所愛，愛在民族，散百萬金何曾自惜。』下聯是：『叢碧遺編貽後世，夫子何求，求其知音，傳二三子自足千秋。』

這副對聯與張伯駒挽陳毅聯相比，自有高下之別，不過倒也確實說盡了這位自號『叢碧』的佳公子的一生。

章太炎的對子

章太炎先生無疑是中國現代歷史上的一位大學問家、大思想家，而且還是一位大革命家。『中華民國』這四個字就來源於他一九〇七年發表在《民報》上的《中華民國解》。魯迅先生有篇很有名的文章《關於太炎先生二三事》，收在《且介亭雜文末編》裏。

魯迅先生稱他的老師章太炎先生爲『有學問的革命家』，『以大勛章作扇墜，臨總統府之門，大詬袁世凱的包藏禍心者，并世無第二人；七被追捕，三入牢獄，而革命之志，終不屈撓者，并世亦無第二人』，還贊頌說：『這才是先哲的精神，後生的楷範。』章太炎先生的學問，魯迅先生當然是真正懂得的，但是，他認爲：『先生的業績，留在革命史上的，實在比在學術史上還要大。』他很不贊成太炎先生『後來却退居於寧靜的學者，用自己所手造的和別人所幫造的墻，和時代隔絶了』。畢生鬥爭的魯迅先生因此很反對章太炎先生手定《章氏叢書》時，將『先前的見於期刊的鬥爭的文章』多加刊落，他提出『戰鬥的文章，乃是先生一生中最大，最久的業績，』所以『應該一一輯録，校印』。

可喜的是，這些戰鬥的文章的絶大部分後來逐漸出版了，魯迅先生的心願可以說是正在實

現。不過，我以爲，同樣能够反映章太炎先生戰鬥的革命精神的，還有他的對子，這方面注意者似乎就不太多了。我們就姑舉幾例。

滿清皇帝退位，南北議和，伍廷芳在其間勞心勞力，以至鬚髮爲白。伍廷芳臨終遺言火葬，家人自然遵其遺言。估計太炎先生對此公不太感冒，挽聯是『一夜白髭鬚，多虧東皋公救難；片時灰骸骨，不用西門慶花錢。』張伯駒先生的評語是：『上切其姓，下切其火葬，謔而近虐矣。』也就是説玩笑開得惡毒。

章太炎先生的青白眼是很有名的，要入他的法眼自然是不容易的。他特别愛拿那些高官顯宦開玩笑。北洋政府期間多次出任總長，後來因爲張學良推薦，又在南京政府擔任過外交部長的王正廷，也算是現代史上一個不大不小的名人了。有趣的是，此人字儒堂，信的却是耶穌教。這就讓太炎先生逮著了，他作了一副對子加以嘲笑：『正廷屢受僞廷命，儒堂本是教堂人。』

如果説這兩副對子還是冷嘲熱諷的話，那麽下面這副可就是絶絶對對的横眉冷對了。國民黨政府定都南京，蔣介石在鍾山設壇祭奠陣亡將士。章太炎就作了這麽一副極其精彩的對子：『群盜鼠竊狗偷，死者不瞑目；此地龍蟠虎踞，古人之虚言。』直斥蔣介石等爲竊國群盜，以鼠狗相擬；嘲笑蔣介石等居然相信古人虚言，以爲南京真是龍蟠虎踞之地。

南京政府時期，蔣、宋、孔、陳四大家族分别掌管軍、政、財、党，章太炎先生的憤怒和不屑也達到了頂點，他作了一副對子，上聯是『蔣家天下陳家黨』，下聯出語激憤，簡直就是破口大駡，而且用了常人意想不到的實在不適合在此介紹的字眼。我之所以提，完全是因爲這副對子實在著名，而且，太炎先生的戰鬥性體現得淋漓盡致。

以章太炎先生這樣的老輩大學者，在作對子時，也會不經意之間出點問題，引發後人無盡的感慨。

著名的文字訓詁學家、經學家，同樣也曾經是反清鬥士的黄侃先生是太炎先生的得意弟子，學界將這一對名師高徒以『章黄』并稱。黄侃先生五十大壽，太炎先生當然高興，就以賀聯相贈：『韋編三絶今（也作行）知命，黄絹初成（也作裁）好著書。』聯語并不難懂，無非是勸不輕易寫文章的黄侃先生，既然已是知命之年，應該抓緊著述了。豈料，黄侃先生竟然就在五十大壽後不久暴病身亡，這是中國學術界的巨大損失。震驚之餘，有人注意到，太炎先生居然在祝壽的賀聯中用了『絶』、『命』二字！當時的一般人也不會有此疏忽，須知，這副聯語的作者可是一代學術大師章太炎先生啊！

也説王茂蔭

自從明朝末年以來，北京城内就寄居著來自西方各國的傳教士，數量很是不小。一般而言，他們都是滿懷宗教熱誠，來開發據説是爲上帝所眷顧，而不知爲何却又被長久遺忘的中國這塊神聖的土地的。由於衆所周知的原因，我們長期以來把這些傳教士集體妖魔化了。這種看法當然不對，近年來也確實得到了糾正。對傳教士的歷史功過，學術界的評價和過去相比，日見全面客觀，不再一味地批判甚至抹殺了。

這固然很可喜。但是，傳教士的情況也實在複雜。他們中的大部分人，所關心的并不僅僅限於『上帝的事業』。這也是歷史的事實。比如十九世紀中葉在北京很是活躍的俄國傳教士巴拉第(一八四九—一八五八年在華)，他的興趣就遠不僅是傳播上帝的福音，可以説，他對大清皇朝的一切都充滿世俗的好奇心。他的屬下自然也是如此。和巴拉第同期在華的修士葉夫拉姆皮就是一個很好的例子，他既翻譯《列子》又研究中國和安南的關係，還密切關注太平天國，撰寫了不少『漢學』氣息很濃的文字。此外，他還很留意清朝的經濟貨幣政策，寫了《内閣關於紙幣的奏摺》。這些都收入了巴拉第主編的一部多卷本資料彙編。

當這部資料彙編被翻譯成德文，并於一八五八年在柏林出版時，書名已是《帝俄北京公使館中國著述集》了。可見，這些作者的傳教士身份似乎已經模糊了。實在地講，這種《著述集》多少是有點收集别國情報的嫌疑的。

《内閣關於紙幣的奏摺》通過這個德文譯本受到了博學的馬克思的注意。於是在《資本論》第一卷裏就出現了這麽一條注釋：

> 清朝户部右侍郎王茂蔭向天子上了一個奏摺，主張暗將官票寶鈔改爲可兑現的鈔票。在一八五四年四月的大臣審××告中，他受到嚴厲申飭。他是否因此受到笞刑，不得而知。

從最後一句話看，馬克思對這件事情、這個人物的重視程度，和他僅僅用一條注釋來處理的方式，似乎很是吻合。

然而，正是由於這條短短的注釋，使得王茂蔭戴上了『《資本論》唯一提到的中國人』的眩目光環。這位清朝進士出身的侍郎，宛如一件珍稀的出土文物，幾十年來，引發了人們無窮的興趣。

由於馬克思和《資本論》在中國乃至世界上的崇高地位，這種情況當然是很容易理解的。評論者的眼光聚焦在『王茂蔭是咸豐時期發紙幣的第一個倡導者，也是鑄大錢的堅決反對者』，儘管多少是震於馬克思《資本論》的威名，却也實在是題中應有之義。王茂蔭的貨幣理論和經濟思想也的確因此已經得到了充分研究。

我想説的却并不是這個，而想談談時下流行的對王茂蔭的評價問題。現在評價王茂蔭用得最多的大概是這麽三個頭銜：理財家、中國金融家始祖、徽商代言人。

黄山書社在一九九一年出版了由張新旭、張成權、殷君伯點校的《王侍郎奏議》，爲研究王茂蔭提供了極大的便利，厥功甚偉。覆按之下，我以爲，『理財家』的頭銜，王茂蔭應該是當之無愧的。儘管他的建議因爲『以諫臨幸禦園一疏積忤上意』，而『言雖切直而不獲見諸設施』（《阮陵吴大廷序》），但是他所提出的理財建議無疑是切合時用的。『中國金融家始祖』，不免就讓人心有惴惴之感了。至於『徽商代言人』，我則期期以爲不然、不必。雖然大而言之現在流行『文化搭台，經濟唱戲』、『以名人促旅游』，中而言之『徽商學』正蔚爲顯學，小而言之鄉賢自當表彰；然而，稍微對中國歷史文化、對傳統士大夫的内心世界有所瞭解，就不難明白，稱進士出身位至卿貳的王茂蔭爲『徽商代言人』，即便不算有揭人傷疤之意，起碼也有强人所難之嫌。在傳統中國，商人出身可不是什麽光彩的事情。王茂蔭在致曾國藩函裏，感謝曾『遠賜多金』，也只不過説『晚家中雖已焚毁，外間尚有一茶業，舍弟輩勉强支持得來也。』須知，王茂蔭也是以百口保曾國藩的，兩人交誼絶非泛泛，尚且如此輕描淡寫。

其實，王茂蔭自有其不可抹殺的歷史地位，實在不必我們後人以虚高之言標舉。作爲歷史人物，他身上自有永恒的光輝。比如，身居高位，廉潔自守：『性恬淡，寡嗜欲，京臣三十載，恒獨處會館中，自奉儉約，粗衣糲事處之晏如』（《行狀》）。比如，發自内心的强烈的愛國主義，懷天下之遠憂：『海氛不靖，府君憤激特甚』『肝氣上沖，心煩不寐』『忽得恍惚之症，覺言語都不自由，問答時形乖舛』（《行狀》）。我以爲，王茂蔭以敢言直諫名重於時，而最爲難能可貴的是『前後奏疏不下十數萬言，初無驚奇可喜之論，得至事後核校之，一一如燭照龜灼，寸量而銖計』（《盱眙吴棠序》）。這種淡朴平實、不爲高論，是很罕見的品格。王茂蔭是理學修養深厚的醇儒，是身體力行『修齊治平』的名臣，他留下來的一些立身處世的格言，都保存在《行狀》裏，對於今天更是具有極其寶貴的價值。

爲了考定《資本論》裏的『Wan Mao-In』究竟是何人，包括《資本論》的早期譯者陳啓修（他譯爲『萬卯寅』，但謹慎地存疑），著名學者侯外廬、郭沫若、吴晗在内的很多人，花費了很大的精力。直到一九三六年，郭沫若發表《〈資本論〉中的王茂蔭》，才揭開了『Wan Mao-In』之謎。學界稱之爲『王茂蔭發現史』，正可見此謎之難解。

這實在不能不説是很奇怪的事。王茂蔭『直聲清節，上自公卿，下至工賈隸圉，無智愚遐邇，嘖嘖皆贊其賢』（《阮陵吴大廷序》），姑且就算是一家私言吧；就算《清史稿》當時不易得見吧；那麽，成書在王茂蔭去世後不久的張之洞的《勸學篇》呢？這可是朝廷諭旨『廣爲刊布，實力勸導』，幾乎是十九世紀末、二十世紀初的士子必讀手册，影響極大、傳布極廣，『不脛而遍於海内』。那麽，請看《勸學篇·内篇·同心第一》：

> 咸豐以來，海内大亂，次第削平，固由德澤深厚，廟算如神，亦由曾、胡、駱、左諸公，聲氣應求於數千里之内，二賀（熙齡、長齡）、陶（文毅）、林（文忠）諸公，提倡講求於二十年以前，陳（慶鏞）、袁（端敏）、吕（文節）、王（茂蔭）諸公，正言讜論於廟堂之上，有以至之。

可見，王茂蔭的名字在當時應該是士人皆知的。何以眨眼之間，一代名臣就已經淡出國人的記憶，居然到了要托『出口轉内銷』之福，兼以耗費衆多的一流學者如此之大的精力，才能被『發現』的地步？我們不禁要問：是中國近現代歷史變遷太速？還是國人忘性太大？兩相鼓蕩，歷史的潮流難道真是泥沙俱下嗎？

回歸巴別塔之前

《聖經・創世紀》裏講的『巴別塔』原意乃是『變亂之塔』，耶和華說：『我們下去，在那裏變亂他們的口音，使他們的語言彼此不同。』從此，人類由於自己的狂妄喪失了語言的普世性，爲了將意義賦予自己的聲音，代價却是遺忘了原初的聲音。

從此，人類就陷身於無望的回歸的朝聖之旅，前赴後繼，不絕於途。在充滿了灾難的舊千紀行將結束的最後十年裏，一群注定寂寞無助的中國音樂人，背負著被詛咒的命運，踏上了尋找『元（原）聲』（meta sound）的不歸路。

擁有天賦『元聲』感覺的歌者（vocalist）朱哲琴、作曲家何訓田，詞作者何訓友以及後來的程恰四顧蒼涼。也許是血緣，使他們首先走向了據説是華夏發源地的黃河、黃土。朱哲琴的話，當然是那支沙漠孤旅共同的心聲：『一直以來總以爲該有一個獨特的、即跨越已定的所謂通俗、嚴肅、民間、技巧和非技巧規範的聲音，回蕩在蕓蕓聲像之林，而這聲音是人們久違或是渴望已久的音響。』他們決意『漠視喧嘩和誘惑，尊重自然和本色，在原聲和四聲之途探尋』。然而，那片灰黃的貧瘠的土地，早已經將人類的『元聲』吹裂，將其無情地塵封埋葬，萬劫不復了。那早已不是靈感之地了。於是，在《黃孩子》裏，『以爲』還是『以爲』，『探尋』還是『探尋』。音樂茫然沈重，原想回復自然的簡潔，却採用了增加而非減略的手法，不得已而使用的人造樂器非但没有減少，還加入了表面看來并非爲音樂目的製作因而似乎比較『自然』的汽水瓶。揭示而實則遮蓋，增加而實則減損，天才的作曲家天才地揮霍浪費著自己的天才，『樂』力圖成爲『音』的主人。歌詞則華麗、工整、繁複，在意義的密林裏左沖右突，天才詞作者不願成爲聲音的客體，竭力展示自己的主體性。朱哲琴的聲音於是就成了堅冰下的流泉，順著固體限定的道路流淌。不過，堅冰畢竟不是封土，終究通透清明；流泉畢竟不是死水，依然展現出自由的活力、生動的靈性和優雅的野趣。神性的確已經顯出了，閃耀在曲、詞、歌中，可是，還不是『三位一體』（trinity）的神性。

《黃孩子》說：『你要聽朱哲琴。』

或許是内心感受到的神啓，這幾位在黃土地上没有找到神迹異象的音樂人走向了離天最近的西藏高原。從對人間血緣的企盼轉向了對彼岸神緣的企求。在那污染最少的神聖雪域，没有陰翳可以遮蔽神的聲音和啓示。這的確是屬於他們的地方。因此，朱哲琴說她熟悉那裏，『最爲樸實的情緒和那種對神的世界之迷戀交織在一起』。最聖潔的陽光溶化的雪山清水在刹那間催

發了久埋於他們心間的元聲阿賴耶識。於是，震動了世界樂壇視聽的《阿姐鼓》敲響了亘古回蕩的聲音。曲、詞、歌之間原本必然存在的緊張乃至衝突消失了，再也没有主次、主客的身份分裂。實現了酥油茶一般的圓融，應該是相互排斥的『味』（rasa）擁有了共同的『韵』。『三位一體』的神性呈現了，呈現在朱哲琴的聲音裏，這不是一種 appear，而是 incarnation。聲音無拘無束地向神傾訴，感受著爲神悦納的狂喜，迎候著神降下的慰藉。這是靈性的私語對話，却將回聲撒向迷失乾枯的凡世。曲不再考慮節奏是否符合某些音樂的清規戒律，是否爲人間的耳朵所習慣；詞不再徒勞地尋求意義，衹是反復地迴旋傾訴；歌不再顧及吐詞清晰與否，《黄孩子》中的對『四聲』的著意完全被對元聲的渴望所取代，『惹刹』在朱哲琴的聲音中表達出文字語言無法揭示的神秘。『卓瑪』，這個常見的藏族名字不再是符號，而就是酒的酒壇，無論是作曲家、詞作者、歌者還是聽者，無論是奉獻者還是領受者，誰會在意呢？《阿姐鼓》無情地擊碎了世界『解魅』的狂妄和荒誕：人終究是人，就如神終究是神一樣。幾位元漢族的音樂人居然能够以藏族的風格表達某種普世的關懷。這就是血緣在神緣面前的結局。

《阿姐鼓》説：『你一定要聽朱哲琴。』

這是一群想要擺脱寂寞却又不斷尋求寂寞，想要結果却又永遠不滿足結果的音樂人。他們找到了風格，却又馬上感覺到被風格所限的恐懼。他們登上了喜馬拉雅的峰巔，却不能忘懷天空的高遠。他們知道，回歸的旅途更加没有終點可言，巴別塔之前只有一望無際的延展。於是，不久就有了《央金瑪》。其中，詞更加模糊，甚至接近可有可無的地步。程怡所作的《央金瑪》詞根本無法在朱哲琴的聲音中輕易地捕捉到，《喜馬拉雅人》完全是一些藏語專用名的任意堆積，倉央加措情歌的字句全然溶化在歌者的聲音裏，《七隻鼓》借用兩個最常見的藏族名字衹是因爲聲音需要歇搭，《信徒》和《彼岸之間》聲音已經化爲氣息、神秘、蒼茫。朱哲琴的聲音不是在遵循何訓田的音樂，何訓田的音樂也不受朱哲琴的聲音的牽扯，而是和失去了本身意識的詞一起融合成初民的元聲，這是巴別塔之前人類的聲音。當然，這種以舍離而求皈依的追求普世的努力是艱辛而痛苦的，《央金瑪》一方面想擺脱《阿姐鼓》藉以成功的鮮明的藏族風格，一方面却又有著難以割捨的留戀。這是群體的懷戀，封面上『央金瑪』三個漢字所帶有的藏文風格正體現了這種不舍。或許，這是出發前的最後一瞥，對犧牲的最終敬意，快樂前的最大痛苦。畢竟，《央金瑪》讓人想起了 canto gregoriano，讓人爲『唱』、『闡陀』、『chants』之間的神秘關聯浮想聯翩……普世的

渴望正由此而起。

《央金瑪》説：『你還是要聽朱哲琴。』

人類終究祇有聆聽天上的聲音才能推倒心中的巴別塔。

冥頑與愚癡

認識聞名已久的楊茂原純粹出於偶然。

本千紀最後一個冬天，我穿過二十幾度的温差，回到北京開會。一位搞音樂的朋友剛剛在香港極其成功地舉辦了自己的演唱會，這位南國女孩頗爲邪性，居然迎冬而上，正好也躲在北京。打電話來説，她的藏身之處在十三陵的泰陵附近，主人好、風景好、太陽好，而且狗也好，問我是否願意一游。就是不好找，不過，她此刻還沐浴著冬日暖陽，擁被高臥，接我是斷然不幹的。我實在不太喜歡所住的新近開張的賓館，更願意到陵墓周圍走走，提議正中下懷。何況自信本人的考古修養尚可保證不至於迷路，而且她斷然不幹的反正也是我斷然不敢的，於是即刻驅車前往。

車在農田的枯黃、松柏的翠緑、冷天的湛藍和公路的黝黑間自由地飛馳了一個多小時，掠過頽敗荒蕪、冬草萋萋的茂陵、長陵，憑本能斷定，泰陵對過的那座孤零零的大院就是目的地了。停車開嗓，招來了身穿志願軍大棉褲的南國女孩和兩條氣宇軒昂的北國大狗，相視之下，一笑一驚。

反客爲主的導游領路。即使對我這樣住在山上的人來講，這也是一座非常大的院落，新起的兩座獨立小樓外土內洋，自然是住人的；此外，還有一大片『L』形的高大得出奇的平房。見我

感到詫異，導游説，這原是糧庫，而今則成了主人的畫室，不妨進去看看。幾十米長、四五米高的白墻上挂滿了大小不一的油畫，地上則是半成品，却祇有一個主題：從黄土裹掙扎出來、或是被黄土拖拉回去的面呈癡呆的大光頭。壓抑和震動撲面襲來，在這樣空曠的庫房裹，我竟然感到胸悶氣結、心慌頭脹。這是楊茂原的畫，我馬上就明白了。十多年前，他就是主要的圓明園畫家之一。當時，我正寄身於近在咫尺的燕園。

我在出神，背後却傳來不響也不亮的呵斥：『張大慶，你怎麽也進來了。』正是剛從外面回來的主人楊茂原，哭笑不得地數落一條不知何時趁機溜進來，正蹲在一幅畫上的小黑狗。後來知道，這隻小狗對什麽稱呼都不感興趣，但是，聽到『張大慶』就摇頭晃腦，於是，這就成了它的名字。

那一天很愉快。男主人善於烹調，棉褲女孩也大呼小叫、前呼後擁地炒了一盤菠菜，在相互吹捧之下，都盆底朝天。飯後，在西藏呆過很多年而今身兼導演和製片的女主人打了酥油茶，儘管没有磚茶，用的還是外國黄油，却也别有風味。烤著壁爐，喝著酒，抽著烟斗，閑聊間發現我們居然還有不少共同的朋友，其中就包括眼下不知身在何處的真正的探險家劉雨田。

奇怪的是，那天根本就没有談畫，似乎大家都不願意沖淡悠閑輕鬆的氛圍。然而，那種壓抑、悶脹、震動却隨著畫册被我帶回了遥遠的南中國海邊的山居。祇要一打開畫册，這種感覺就讓我窒息，催促我將其儘快插回書架；可是，我又總是不能自製地感受到一種誘惑或是呼唤，再去打開它。這種吊詭，令我茫然惶恐。藝術祇有在觸及了神學意義上的人類存在狀況，而不僅是哲學意義上的人類此在狀況時，才有可能具有這樣的魅惑力量。那麽，楊茂原的畫呢？

楊茂原的畫是一種非常奇特的探尋。作爲生長在大連的畫家，他的畫裹決然没有大海的意象，甚至没有水分，只有乾坼枯裂；没有船、帆、闖海人、魚，只有玉米、蝗蟲。他在回答BBC記者的提問時説，蝗蟲、玉米是自己喜歡和熟悉的東西，顯然，這是一個非常奇怪的説法。無論他自己是否意識到，他試圖在擺脱、超越帶有個人獨特背景的經歷、生活、記憶，尋找某種他更加關心的，或者説更加普世的呈現。他在尋找的途中，在離開海藍走向土黄的途中，祇是還在中國的土地上，這條軌迹横亘在他對作品的構建之中。玉米雖然并非中國的本土植物，却很久以來就和同樣是從美洲傳來的薯類一起應付并造就了中國的龐大人群；蝗災則是中國典型的災難，抗拒著玉米等擴大中國人群的使命。這是中國的異象，楊茂原以一個藝術家的感覺和敏感下意識地選擇了這些異象。他對這些異像是執著的，但是，這些異象在其繪畫中祇不過是探尋的表徵，絶不是

必不可少的，并不具備本體意義。1996NO. 6，人頭上還有頭髮，身上還有襤褸的衣衫，旁邊是植物的殘枝和碩大的蝗蟲，人在貪婪地啃食著玉米；1998NO.1，楊茂原繪畫中少見的女性形象，辮髮，衣衫整齊，在玉米豐收的背景下，洋溢著『一點點幸福感』；1998 NO.22 頭髮，衣衫都已經不再出現在畫筆之下了，攥著玉米，閉目仰天，還是有『一點點幸福感』。中國人没有奢求，衹追求『一點點』滿足。

但是，中國人的特性并不能掩蓋、取消他們作爲人類一部分的共性，除了『吃飯哲學』，他們還需要一些别的滿足，還需要再多『一點點幸福感』，哪怕衹有那麽『一點點』。楊茂原的探尋也注定會指向這更多的『一點點』。1998NO.11，一個癡呆、愚頑的大光頭出現在畫面上，剛從土裏冒出來，或者正在被扯進土裏，四周是没有特點個性的人群，急切興奮地奔向這個大光頭。『他們不思考，没有信念，但却很堅定。』這是畫家自己的畫，自己的闡釋，也由自己成功地表達出來了。這些『他們』具有『盲目的創造力和破壞力』。楊茂原擺脱了頭髮、衣衫、蝗蟲乃至玉米，挖掘出了『一點點興奮感』背後更爲可怕的那種『堅定』、『盲目的創造力和破壞力』。這正是中國的歷史和宿命，中國注定要背負的詛咒。但是，同時有一種對某種特定地域、血緣、文化的超越也破土而出了。

不管哪個地方，比如樓閣；不管什麽異象，比如核子試驗遺迹，它們或許的確刺激了楊茂原的創作。然而，它們終究和玉米、蝗蟲一樣，楊茂原這樣的畫家絶不會讓它們在畫面上占據永久的地位，也不會允許它們具有本體價值。這些獨特的東西，都最終將在楊茂原的探尋中被抛棄。每一條靈感的小溪，必然都將彙入藝術的大河，而這條大河衹有、衹會有一個目標：奔向人性的共同的大海。

一九九八年晚期以後，楊茂原的畫更加簡單執著，他丢却了一切不必要的累贅，直奔人性。畫面上衹有冥頑和愚癡的大光頭，它們連人物都不是，衹是又一種剥去了特殊性的玉米或蝗蟲。畫家不靠它們來訴説，而是它們爲畫家訴説。楊茂原的探尋并没有斷裂的痕迹，原來受到遮蔽的一貫關懷現在獲得了更加直接的顯現：這些大光頭依然都半埋在土裏，是擺脱還是回歸？來自於土，必將歸於土。『歸』無論採取什麽形式，死亡或埋葬，沈睡或遺忘，都是人類唯一的歸宿和家園；他們在進步和發展的同時，是否像祖先那樣充滿了敬畏之情，已經不再重要。因爲，人類偷吃了智慧之果，結果却是冥頑和愚癡，而且正是依仗著這種被詛咒的冥頑和愚痴，才自以爲在

進步、發展，他們才祇敬畏自己。

這是楊茂原的探尋，當然，是遠未結束的探尋。

我回到南國不久，就將自己珍藏的一本畫册寄到了那座有著可愛的主人、風景、狗和回憶的大院。那本畫册由一位思想家和一位藝術家合作，主要談論法國的具象繪畫。據説，這一派公認的大師傑赫梅蒂在晚年祇反復畫一樣物品：蘋果。因爲，他每天都可以從這隻蘋果看到不同的東西。楊茂原畫中的大光頭或許就是這樣一隻蘋果。令我高興的是，畫册很快寄到了。如果丢了，我會感到非常可惜的。

搬書苦樂

大約五六歲時，與父親打賭，賭王翦到底帶了多少兵馬攻滅了楚國。我僥幸贏得一塊在當時的上海尚不多見的哈密瓜。從此就做起名山事業的夢，逐漸蓄起書來。小小一塊哈密瓜竟成了我許身文史之學的餌藥，至今想來，猶覺虧得慌。

真正領略搬書苦樂，是進大學大量藏書之後了。十年前，我在母親一臉淚水、父親一臉期望的關注之下，第一次跨越長江，去北京學一門極爲冷僻的學問，我的恩師藏書極富，我不自量力，照著老師的樣子買起書來了。家裏經濟并不寬裕，我的阮囊也始終羞澀，却也積下不少書。六人的宿舍照例祇有一個書架，於是在月黑風高之夜去工地上找來一塊似乎已是廢棄無用的木板，架在床上，聊以置書。平時將四季不撤的蚊帳一降，盤腿作打坐科，樂也融融。只是北京頗多小地震，而我上鋪碰巧又是一位身經唐山大地震而毫髮未傷的河北漢子，天人一合作，幾乎每周都要將鄙書城震塌一次，將我活埋。將書搬動一下，尋求一更爲牢靠的碼法，也就成了大學生活裏的一大樂趣。

後來，我孤身一人坐了近廿小時的飛機西遊求學，祇是帶了幾本字典。對陳寅恪先生帶著

《皇清經解》遊學列國，張大千先生雇一翻譯泛桴東瀛之類的雅事，實在祇能心向往之。故爾，『負笈』是稱不上的。洋書昂貴，但從硬軟兩方面講，委實精彩。竭盡所有，大肆購書，自不虧書蟲本色。不久發展到不知死活，竟與南韓日本的學友結伴做訪書旅遊，參加善本拍賣會，鬧得整日價與麵包白水爲伍。不過，打工回來，沖個澡，點支烟，任抽一書，如文盲清風一般翻翻，也有不可爲外人道的個中三昧，感覺不比喝慕尼黑啤酒差。在那個滿街高頭大馬而我祇能到童裝部買衣服的國家住膩，想回國吃泡飯時，麻煩來了。還是父親從另一個國度寄來一筆美金，幫我付了運費，兼以跑斷半條腿，累酸半條胳膊，才將八大箱書席捲歸來。有趣的是，洋書入華與洋人同等待遇，有關費用均須用洋錢或半洋錢支付。海關諸公用古怪的眼光看著除了一隻微型電子鬧鐘別無耗電之物的我，大概以爲不愛江山者必愛美人，埋頭翻遍六大箱書，檢查一下是否有有傷風化的洋妞倩影匿藏其中。完了告訴我，另外兩箱書尚未到。幾年以後，望斷秋水，亦不見伊書來歸。本來，保險保的就是危險嘛！

回國後，仍是窮，仍是買書。父母也已遠渡重洋，讀了一個好專業因而有一份好工作的好弟弟不時匯款救哥。書越積越多，竟至愈萬冊之譜。萬般無奈，祇能侵占一間辦公室，橫七竪八塞

滿各色書架，經多次測量，腰圍二尺五以上者，禁止穿行。辦公室總要收回，終於又有了搬書的一天。倉倉皇皇，一輛三噸卡車，搬家公司的五條壯漢，邊大嘆『原來還有比鋼琴難搬的東西！』邊將此尤物搬進一間租來的民房裏。看到他們的慘樣，歷來自我介紹作『姓没錢的錢』的我，也祇能盡所能多加些錢了。現在的搬書，咂吧咂吧祇有苦味了。

正道是福無雙至，禍不單行，最近，在北京生活了十年的我，竟繞了個圈兒，又要返回滬上謀生。那上萬條嚼之有味，斷不可棄的鷄肋，又要搬回上海。一千五百公里的京滬綫，宛然是難於上青天的蜀道。原本就是一介書生，百無一用，此刻除了氣短，實在也是別無他途了。

自找苦吃！不過，自找的苦也祇有自己去吃。『既有今日，何必當初』是輪不到自找苦吃的愚人發嗲的。

暴民的高爾夫

英國來的朋友説：『高爾夫真是一種貴族運動啊，禮儀著裝什麽的且不説，若是想到老球場打場球，你可得有足夠的耐心等上一年半載，才能預約上開球時間；訂好了，若是遲到，那就對不起了，你還得重新約過，再耐心等上一年半載。』

美國來的朋友又説：『高爾夫可是一種平民的運動啊，美國遍地都是球場。你要是吃飽喝足了又實在没事可幹，你就自己背著或拖著球包，拎上一個補砂袋，自己下場和自個玩唄，還便宜，花不了幾個錢。』

在開始摸球杆之前，我的耳邊就已然經常充斥著這樣不明不白、彼此矛盾的關於高爾夫的話語。即使到今天，雖然我已經虚有幾年球齡，可是由於某些説不出口的原因，至今還没有到英美打過高爾夫，所以也無從判斷——老實説，也没有這個閑心和興趣來判斷——高爾夫在洋地界上究竟是貴族運動呢，還是平民的運動。

至於我自己，是平民自然毫無問題，而且冒冒然開始打球後，還越來越發現，在中國非富即貴的打球人圈子裹，若是從經濟角度講，説自己還幾乎是個貧民，恐怕也還是實事求是的，連謙虚都算不上。

撇開貴族／平民、富人／貧民之類委實也説不清道不明的涇渭分野不論，我在國内高爾夫球場倒是頗有領略暴民風采的眼福。我的意思當然不是説國内打高爾夫的盡非紳士淑女，我想説的衹不過是：帶有暴民色彩迄今爲止乃是内地高爾夫的一大特色。再强調一遍，洋地界的球場上是否也有洋暴民，由於鄙人没有去過的原因，暫且存疑。

你是否經常會遇見前面有一組人等大呼小叫，衣著和揮杆一致地不合高爾夫的基本常規，或揮杆後人原地打轉，或乾脆以各種并不曼妙的姿態跌倒在地；或球杆脱手，小白球若不是還逗留在原地的話，那往往也没有球杆飛得遠而且直；或鍥而不捨地和地球過不去，揮杆有如掄鋤，直打得草皮碎塊與沙土齊飛，至於小白球，要麽是挨了當頭痛擊深深躲進球道泥土裹，要麽以各種匪夷所思的角度綫路——一般情況下，正常的擊球者理應選擇的角度綫路除外——孤鷺般地遁身而去或是飛身而來。後面的你豈能不兩股戰戰，直欲以擊球杆充作擋球棍？

懷著對他們幾乎要在一個球洞耗盡打十八洞所需要的杆數的擔心、惻隱或者憤怒，你好不容易兩眼發呆、雙腿發顫地目送這組勾肩搭背、揮灑烟蒂，在手機鈴聲、字數不等的國駡昂揚伴奏

下，施施然逶迤走上或更多地還衹是走近果嶺，這才知道，前面的衹是序曲，好戲才剛剛上演！

先是以各種姿勢，在人類發音器官所能發出的各種奇怪聲音的喧鬧中，以國營萬人大廠的大廚舞動炒菜巨鏟的吞下萬里之虎的氣概，努力想把不知道花了多少杆才糊弄到果嶺附近的小白球折騰到果嶺之上。於是乎，沾上了不少泥土草屑的小白球在碧綠的果嶺上空萬分不情願地劃著詭異的曲綫不停飛翔。一不小心，不，恐怕還是一個過於用心，小白球竟然還會扭身朝後面一組的你飛回來，賦一首歸去來。

總算把幾個小白球連哄帶騙、連罵帶踢地趕上了果嶺，這一組也就跟著在果嶺上扎起了堆。離著上百碼遠，你都可以聽見他們彼此間以四大賽冠軍的自信語氣，一如既往夾雜著國罵，提醒、建議、叱罵、嘲笑著同組球伴的推杆綫路……

你必須有足够的耐心和修養，除非已經達到了心如止水、風動幡動心不動的境界，否則你實在很難不收杆而去，很難還等候在球道上。隨著前一組最後一個球入洞的聲音傳入你的耳朵，也許你會長嘆一口氣：這個洞的磨難終於過去了，終於可以安心打自己的球了。

在付出了比平時多上一杆兩杆甚至更多杆的慘重代價後，你萬般無奈無限委屈地跟著自己的小白球，朝頓時寂靜下來的果嶺走去。當你接過推杆，登上爲之忍聲吞氣等待許久的果嶺，那麼，我幾乎敢擔保，就算你已經修成菩薩心腸，也會在眼前的狼藉下，頃刻間轉化爲怒目金剛：碧綠的果嶺旁邊甚至上面，扔有可憐的筋疲力盡的球童來不及揀取的烟蒂；在你的推杆綫路上赫然有著前一組爲了慶祝把球趕進洞裏，歡喜雀躍留下的而球童來不及修補的鞋釘印！

想到這麼一組還在前面以對聖人的標準要求考驗著你的耐心和修養，請問，你還會打下去嗎？

你或許會問我：這應該是最糟的了吧？難道還會有更可怕的嗎？我就衹能回答你：當然不是最糟的！當然會有更可怕的！你已經很好運了，想想後面也來上這麼一組吧，你還不得堵上耳塞戴上安全帽穿上護身鎧甲啊！

也許在很多人的眼裏，在如今這個世道的標準下，高爾夫球場上你前面的這組，或者不幸後面還有的那一組，都很符合貴族/富人的標準。那麼我也衹有聳聳肩的份，反正我是期期以爲不然的。身爲平/貧民，評價這樣的貴/富民，很有吃不到葡萄反説葡萄酸的嫌疑。於是絞盡腦汁，繞開貧富貴賤，只能姑且以一名冠之：

高爾夫暴民。

圖書在版編目(CIP)數據

錢文忠內外學／錢文忠著. －上海：上海文藝出版社.
2008. 4

ISBN 978-7-5321-3328-4

I. 錢… II. 錢… III. 社會科學－文集 IV. C53

中國版本圖書館 CIP 數據核字(2008)第 047114 號

書名 錢文忠內外學
著者 錢文忠
出品人 郑宗培
責任編輯 吕晨
書名題字 余秋雨
繪圖 謝春彥
印制主管 居致琪
出版發行 上海文藝出版社
上海紹興路 74 號
電子信箱 cslcm@public1.sta.net.cn
網址 www.slcm.com
經銷 新華書店
印刷 金壇古籍印刷廠印刷
規格 1/16 印張 41.75
版次 2008 年 4 月第 1 版 2008 年 4 月第 1 次印刷
標准書號 ISBN 978-7-5321-3328-4/K·263
定價 450.00 圓（全三冊）

限量特制编号本 500 册

ISBN 978-7-5321-3328-4

9 787532 133284 >